LA DESPEDIDA

BIOGRAFÍA

Milan Kundera (1929-2023) nació en la República Checa y vivió en Francia desde 1975 hasta su muerte.

MILAN KUNDERA
LA DESPEDIDA

Traducción del checo
de Fernando de Valenzuela

MAXI
TUSQUETS
EDITORES

Título original: *Valčík na rozloučenou*

1.ª edición en colección Andanzas: junio de 1986
1.ª edición en colección Maxi: marzo de 2010
1.ª edición en esta presentación en colección Maxi: mayo de 2024

Adaptación de la cubierta: Maxi Tusquets / Área Editorial Grupo Planeta

ISBN: 978-84-1107-455-1
Depósito legal: B. 6.518-2024
Impresión y encuadernación: QP Print
Printed in Spain - Impreso en España

Índice

Día primero 11
Día segundo 31
Día tercero 71
Día cuarto 127
Día quinto 191

Para François Kérel

Día primero

1

Empieza el otoño, los árboles se vuelven amarillos, rojos, castaños; es como si el pequeño balneario del hermoso valle estuviera rodeado por un incendio. Por el pórtico pasean las mujeres y se inclinan hacia las fuentes. Son mujeres que no pueden tener hijos y que en este balneario esperan lograr la fertilidad.

Los hombres son mucho menos frecuentes entre los pacientes, pero hay algunos, porque, al parecer, los baños, además de sus mágicos efectos ginecológicos, fortalecen el corazón.. Sin embargo, por cada paciente masculino hay nueve pacientes femeninos, lo cual resulta desesperante para la joven soltera que trabaja aquí como enfermera y atiende en la piscina a las damas estériles.

Ruzena nació aquí, aquí viven sus padres, ¿logrará salir algún día de este sitio en el que abundan tan terriblemente las mujeres?

Es lunes y se aproxima el fin de la jornada de trabajo. Aún hay que envolver con una sábana a las últimas señoras gordas, acostarlas en sus camillas, secarles la cara, sonreírles.

–¿Le vas a llamar? –le preguntan a Ruzena sus compañeras de trabajo; una de ellas es una robusta cuarentona, la otra es más joven y delgada.

–¿Por qué no? –dice Ruzena.

–No hay nada que temer –le dice la cuarentona para animarla y la acompaña al vestuario, en el que las enfermeras tienen un armario, una mesilla y un teléfono.

–Deberías llamarle a su casa –dice la delgada con inquina, y las tres se echan a reír.

Cuando se acallan las risas, Ruzena dice:

–Tengo el número de teléfono de ese teatro.

2

Fue una conversación horrible. En cuanto oyó la voz de ella por el teléfono, se asustó.

Siempre le habían dado miedo las mujeres, aunque ninguna le creyese cuando lo decía y lo considerasen sólo una broma, producto de su coquetería.

–¿Cómo te va? –preguntó él.

–No muy bien –respondió.

–¿Por qué?

–Necesito hablar contigo –dijo ella en tono patético.

Aquél era precisamente el tono patético que él esperaba desde hacía años con horror.

–Sí –dijo con voz angustiada.

–Necesito hablar contigo –repitió ella–. Es importante.

–¿Qué ha pasado?

–Soy una persona distinta a la que tú conociste.

Era incapaz de hablar. Tardó un rato en repetir:

–¿Por qué?

–Hace ya seis semanas que no me viene.

Haciendo un esfuerzo dijo:

–Es posible que no sea nada. A veces ocurre y no significa nada.

–No, esta vez se trata de eso.

–Es imposible. Es sencillamente imposible. Al menos no puede ser por mi culpa.

Ella se ofendió:

–Pero ¿por quién me tomas?

Tenía miedo de ofenderla porque ella le daba miedo:

–No, no he querido ofenderte, por qué iba yo a querer ofenderte, lo único que digo es que no ha podido ser conmigo, no tienes nada que temer, es simplemente imposible, fisiológicamente imposible.

–Si es así, no te enfades –dijo muy ofendida–. Perdona que te haya molestado.

–No, no, no –temía que le colgase–. ¡Has hecho bien en llamar! Estoy encantado de poder ayudarte... Por supuesto que todo se puede resolver.

–¿Qué quieres decir con eso de resolver?

No supo qué decir. No se atrevía a llamar a las cosas por su nombre:

–Pues... resolver.

–No cuentes con eso que estás pensando. De eso ni hablar. Eso no lo haría ni aunque tuviese que destrozar mi vida.

El terror le volvió a helar la sangre pero, esta vez, atacó tímidamente:

–Entonces, ¿para qué me llamas si no quieres hablar conmigo de eso? ¿Quieres que te aconseje o ya lo tienes todo decidido?

–Quiero que me aconsejes.

–Iré a verte.

–¿Cuándo?

–Ya te avisaré.

–Bueno.

–Entonces hasta pronto.

–Hasta pronto.

Colgó el teléfono y regresó a la sala donde estaba su orquesta.

–Señores, se acabó el ensayo –dijo–. Hoy ya no puedo más.

3

Cuando colgó el teléfono estaba roja de excitación. La había ofendido la reacción de Klima a su noticia. Por lo demás, estaba ofendida desde hacía mucho tiempo.

Se habían conocido dos meses antes, cuando el famoso trompetista actuó con su orquesta en el balneario. Después del concierto hubo una juerga a la que la invitaron. El trompetista le dio prioridad ante todas las demás y pasó la noche con ella.

Desde entonces no había dado señales de vida. Ella le había enviado dos postales y él no había respondido a ninguna de las dos. Una vez estuvo en la capital y le llamó por teléfono al teatro en el que, según las informaciones de que disponía, ensayaba con su orquesta. El hombre que cogió el teléfono le preguntó su nombre y le dijo que iría a ver si Klima estaba por allí. Al rato volvió con la noticia de que el ensayo había terminado y el trompetista se había marchado. Ella pensó que no quería ponerse y sintió un rencor aún mayor, porque por entonces había empezado ya a tener miedo de estar embarazada.

«¡Así que es fisiológicamente imposible! ¡Qué fácil es decirlo, fisiológicamente imposible! ¡Me gustaría saber lo que dirá cuando nazca!»

Sus dos compañeras, excitadas, le dieron la razón. Desde el día en que ella les anunció, en la sala saturada de vapor, que la noche anterior había vivido una experiencia indescriptible con aquel hombre famoso, el trompetista se había convertido en propiedad de todas sus compañeras. Su imagen habitaba en la sala donde se turnaban para atender a las pacientes y, cada vez que en algún sitio se oía su nombre, se reían para sus adentros, como si se hablase de alguien a quien conociesen íntimamente. Y cuando se enteraron de que Ruzena estaba embarazada, les inundó una extraña alegría, porque desde ese momento él estaba físicamente presente en la profundidad del cuerpo de Ruzena.

–Está bien, está bien, chica, tranquilízate –le dijo la cuarentona, dándole una palmada en la espalda–. He encontrado algo para ti –y abrió ante sus ojos una revista bastante grasienta y manoseada–: ¡Mira!

Las tres se pusieron a mirar la fotografía de una morena joven y guapa que estaba en un escenario con un micrófono junto a la boca.

Ruzena intentaba leer su destino en aquel par de centímetros cuadrados.

–No sabía que fuera tan joven –dijo con temor.

–¡Pero qué va! –se rió la cuarentona–: Es una foto de hace diez años. Si los dos tienen la misma edad. ¡No tiene nada que hacer contigo!

4

Durante su conversación telefónica, Klima se daba cuenta de que hacía ya mucho tiempo que esperaba aquella horrible noticia. No es que tuviera un motivo razonable para pensar que durante aquella juerga fatídica había dejado preñada a Ruzena (por el contrario, estaba seguro de que la acusación era injusta), pero esperaba un mensaje como aquél desde hacía muchos años, desde mucho antes de conocer a Ruzena.

Tenía veintiún años cuando a cierta rubia enamorada se le ocurrió simular un embarazo para obligarle a casarse. Fueron unas semanas horribles al final de las cuales terminó con cólicos de estómago y se derrumbó. Desde entonces sabe que el embarazo es un golpe que puede llegar en cualquier momento y desde cualquier parte, un golpe contra el cual no hay pararrayos y que se presenta en forma de llamada telefónica patética (sí, aquella vez la rubia también le dio la primera noticia por teléfono). Lo que le sucedió a los veintiún años hizo que, a partir de entonces, siempre se relacionara con las mujeres con una sensación de angustia (aunque con bastante ahínco) y que, después de cada encuentro amoroso, tuviera miedo de las penosas consecuencias que pudieran producirse. Se consolaba pensando que la probabilidad de que ocurriera semejante desgracia, dada su prudencia enfermiza, apenas llegaba a una milésima por ciento, pero era capaz de tener miedo hasta de aquella milésima.

Una vez, seducido por una noche libre, llamó por teléfono a una chica a la que había visto por última vez hacía dos meses. Al reconocer su voz, ella exclamó: «¡Dios mío, eres tú! ¡Tenía tantas ganas de que me llamaras! ¡Necesitaba tanto que me llamaras!», y lo dijo en un tono tan apremiante, tan patético, que la consabida angustia le atenazó el corazón y sintió con toda su alma que había llegado el temido momento. Y como quería afrontar la verdad con la mayor rapidez posible, atacó: «¿Y por qué me lo dices en un tono tan trágico?». «Ayer se murió mi madre», le respondió, y él respiró aliviado pero sabiendo que, de todos modos, no se iba a librar de aquello a lo que temía.

5

—Ya está bien. ¿Qué es lo que está pasando? —dijo el batería, y Klima por fin se recuperó.

Vio a su alrededor las caras preocupadas de sus músicos y les dijo lo que había sucedido. Los muchachos dejaron los instrumentos y trataron de aconsejarle.

El primer consejo fue radical. El guitarrista, que tenía dieciocho años, afirmó que a una chica como la que acababa de hablar con su director y trompetista había que rechazarla duramente.

–Dile que haga lo que quiera. No es hijo tuyo, así que no te interesa para nada. Y, si quiere, ahí está el análisis de sangre para demostrar con quién lo tuvo.

Klima le replicó que los análisis de sangre no suelen demostrar nada y que, entonces, lo que vale es la acusación de la mujer.

El guitarrista le respondió que no habría análisis de sangre. Cuando a una chica se la rechaza, ya se ocupa ella de no meterse en problemas inútiles y, al darse cuenta de que el acusado no está muerto de miedo, ella misma se encarga de deshacerse del crío y corre con los gastos.

–Y si llegara a parirlo, toda la orquesta testificaría en el juicio que en esas fechas todos nos acostamos con ella. ¡Que averigüen quién de nosotros es el padre!

Pero Klima dijo:

–Sé que lo haríais. Lo malo es que para entonces yo ya me habría vuelto loco de incertidumbre y de miedo. Para esto soy el mayor cobarde que existe y necesito sentirme seguro lo antes posible.

Todos le dieron la razón. El método del guitarrista es básicamente correcto, pero no vale para cualquiera. Sobre todo no es adecuado para una persona que no tenga los nervios bien templados. En segundo lugar, no es bueno para un hombre famoso y rico, por el que las mujeres aceptarían incluso riesgos demenciales. De modo que, en lugar del rechazo frontal, se inclinaron por hacer que la chica abortase mediante el método del convencimiento. Pero ¿qué argumentación elegir? Había tres posibilidades básicas.

El primer sistema apelaba al corazón compasivo de la chica. Klima hablará con la enfermera como si fuera su mejor amiga; se lo confesará todo sinceramente; le dirá que su mujer está gravemente enferma y que se derrumbaría si se enterase de que su marido tenía un hijo con otra mujer; que Klima sería incapaz de soportar, ni moral ni síquicamente, semejante situación; que por eso le pide a la enfermera que se compadezca de él.

La objeción con respecto a este sistema fue de principio. Es imposible construir toda la estrategia sobre algo tan inseguro y falto de garantías como la bondad de sentimientos de la enfermera. Si la chica no tiene un corazón excepcionalmente bondadoso y compasivo, esta actitud se volverá en contra de Klima. La chica se sentirá ofendida por los excesivos miramientos que el padre que ha elegido para su hijo tiene hacia otra mujer y actuará por tanto con mayor dureza.

El segundo método apelaba a la sensatez de la chica: Klima procurará explicarle que no tiene, ni tendrá nunca, la seguridad de que el hijo es verdaderamente suyo. No conoce a la enfermera más que de un único encuentro y no sabe nada de ella. No tiene ni idea de las demás personas con las que se relaciona. No, no sospecha que ella quiere engañarle intencionadamente, pero ¡no pretenderá decirle que no se relaciona también con otros hombres! Y aunque se lo dijese, ¿cómo va a estar seguro Klima de que le dice la verdad? Y ¿sería sensato tener un hijo cuyo padre nunca estaría seguro de su paternidad? ¿Podría Klima abandonar a su mujer por un hijo sin estar seguro de que sea suyo? ¿Y quiere quizá Ruzena que ese hijo nunca pueda llegar a conocer a su padre?

También este sistema topaba con objeciones de principio: el contrabajista (el mayor de los miembros de la orquesta) argumentaba que confiar en la capacidad de discernimiento de la chica era aún más ingenuo que confiar en su compasión. La argumentación lógica no dará en el blanco y, mientras tanto, el corazón de la chica se estremecerá al comprobar que el hombre al que ama no cree en su sinceridad. Eso la impulsará a aferrarse aún más, con llorosa terquedad, a sus afirmaciones y propósitos.

Quedaba, finalmente, una tercera posibilidad: Klima le dice a la chica embarazada que la amaba y la ama. No debe hacer la menor referencia al hecho de que pudo tener el hijo con otro. Por el contrario, Klima la sumerge en un baño de confianza, amor y ternura. Se lo promete todo, incluido el divorcio. Le dibuja el maravilloso futuro que les espera. Y, en nombre de éste, le solicita una amable interrupción del embarazo. Le explica que el nacimiento del hijo sería prematuro y que les privaría de los primeros y más hermosos años de amor.

Esta argumentación carecía de lo que le sobraba a la anterior: lógica. ¿Cómo es posible que Klima esté tan enamorado de la enfermera si ha pasado dos meses esquivándola? Pero el contrabajista afirmaba que los enamorados siempre se comportan de un modo ilógico y que no habría nada más fácil que explicárselo de alguna manera. Al final, todos coincidieron en que este tercer sistema era probablemente el más adecuado, porque se basaba en el enamoramiento de la chica que parecía ser, en esta situación, lo único relativamente seguro.

6

Después salieron del pequeño teatro, se despidieron en la esquina, pero el guitarrista acompañó a Klima hasta su casa. Era el único que no estaba de acuerdo con el plan propuesto. Le parecía que no era digno de su director de orquesta, a quien tanto admiraba:

–Si vas a ver a una mujer, coge el látigo –citaba a Nietzsche, de cuya obra sólo conocía esta frase.

–Chico –suspiró Klima–, la que ha cogido el látigo es ella.

Después, el guitarrista le propuso a Klima llevarle en coche al balneario, hacer que la chica fuese hasta la carretera y atropellarla.

–Nadie podrá demostrar que no fue ella la que se puso delante del coche.

El guitarrista era el más joven de la orquesta, adoraba a Klima y Klima estaba emocionado por sus palabras:

–Eres muy amable –le dijo.

El guitarrista desarrollaba los detalles de su plan y le ardían las mejillas.

–Eres muy amable pero no puede ser –dijo Klima.

–¿Por qué dudas? ¡Es una cabrona!

–De verdad que eres muy amable, pero es imposible –dijo Klima y se despidió de él.

7

Cuando se quedó solo, se puso a pensar en lo que le había propuesto el muchacho y en los motivos por los que lo había rechazado. No es que fuera más generoso que el guitarrista, sino, únicamente, más cobarde. El miedo de ser acusado de tomar parte en un asesinato no era menor que el miedo a ser acusado de paternidad. Se imaginó al coche atropellando a Ruzena, se la imaginó a ella tendida en un charco de sangre y lo atravesó una breve sensación de alivio y felicidad. Pero sabía que no tenía sentido dedicarse a jugar con ilusiones. Lo que le preocupaba era algo serio. Estaba pensando en su mujer. Dios mío, mañana es su cumpleaños.

Faltaban unos minutos para las seis, la hora en que cierran las tiendas. Se dio prisa por llegar a la floristería y le compró un gran ramo de rosas. Iba a ser un cumpleaños atroz. Tendrá que fingir que su mente y sus sentimientos están con ella, tendrá que dedicarse a ella, ser tierno con ella, divertirla, sonreírle y pensar mientras tanto permanentemente en un vientre lejano y ajeno. Se esforzará por decirle palabras agradables, pero su mente estará muy lejos, prisionera en la oscura celda de aquellas entrañas ajenas como en una celda de castigo.

Se dio cuenta de que pasar este cumpleaños en casa era algo superior a sus fuerzas y decidió no postergar su visita a Ruzena.

Pero tampoco ésta era una perspectiva atrayente. Aquel balneario de montaña le parecía desolado como un desierto. No conocía a nadie. La única excepción posible era ese paciente norteamericano que se había comportado como en otros tiempos los burgueses ricos de las ciudades pequeñas, invitando después del concierto a toda la orquesta a su apartamento. Gracias a él se vieron rodeados de los mejores licores y del personal femenino del balneario, lo cual fue la causa indirecta de que Klima se liase con Ruzena. ¡Ay, si al menos este hombre, que se había portado entonces con él de un modo incondicionalmente amistoso, estuviese aún en el balneario! Su imagen le parecía a Klima la imagen de la salvación, porque en una situación como la que estaba pasando, no hay nada más necesario para un hombre que la amistosa comprensión de otro hombre.

Regresó al teatro y se dirigió a la portería. Le pidió al portero que le pusiera una conferencia. Al poco tiempo sonaba la voz de ella en el auricular. Le dijo que iría a verla mañana mismo. No hizo la menor referencia a la noticia que le había comunicado unas horas antes. Habló con ella como si fueran dos amantes que no tienen la menor preocupación.

En medio de la conversación le preguntó:

–¿Sigue el americano ése en el balneario?

–Sí, sigue aquí –dijo Ruzena.

Se sintió aliviado y le repitió, con mayor soltura que antes, que tenía ganas de verla.

–¿Cómo estás vestida? –dijo después.

–¿Por qué?

Hacía ya muchos años que utilizaba con éxito este truco cuando flirteaba por teléfono:

–Quiero saber cómo estás vestida ahora mismo. Quiero poder imaginarte.

–Llevo un vestido rojo.

–El rojo tiene que sentarte muy bien.

–Puede que sí –dijo.

–¿Y debajo?

Se rió.

Sí, todas se reían cuando se lo preguntaba.

–¿De qué color llevas las bragas?

–Rojas también.

–Tengo ganas de ver cómo te quedan –dijo y se despidió.

Le dio la impresión de que había encontrado el tono preciso. Durante un momento se sintió aliviado. Pero fue sólo un momento. Y es que se dio cuenta de que no podía pensar más que en Ruzena y que hoy debería limitar al mínimo la conversación con su mujer. Se detuvo junto a la taquilla de un cine en el que ponían una película americana de vaqueros y compró dos entradas.

8

Aunque Kamila Klima era una mujer mucho más bella que enferma, estaba, pese a todo, enferma. Por culpa de su mala salud tuvo que dejar, hace unos años, su carrera de cantante que la había llevado a los brazos de su actual marido.

Una mujer joven, acostumbrada a ser admirada, se encontraba de pronto con la cabeza llena de olor a desinfectante de hospital. Le daba la impresión de que su mundo y el de su marido habían quedado separados por nueve colinas.

Cuando Klima vio entonces la tristeza de su rostro, sintió que se le destrozaba el corazón y extendió hacia ella (a través de aquellas colinas ficticias) sus brazos amorosos. Kamila comprendió que había en su tristeza una fuerza desconocida que atraía, enternecía y hacía llorar a Klima. No es extraño que comenzara a emplear (quizás inconscientemente, pero por ello con mayor frecuencia) ese instrumento repentinamente descubierto. Porque los momentos en los que él se veía reflejado en el rostro doliente de ella eran los únicos en los que ella podía estar más o menos segura de que no había otra mujer que compitiera con ella en la cabeza de él.

Porque esta hermosísima señora temía a las mujeres y las veía por todas partes. No se le escapaban nunca y en ningún sitio. Era capaz de descubrirlas en el tono de voz con el que Klima la saludaba cuando regresaba a casa. Era capaz de sentirlas en el olor de su traje. Hacía poco encontró en su mesa un trozo de papel, recortado del borde de un periódico, en el que había una fecha escrita a mano. Por supuesto que podía referirse a las circunstancias más diversas, al ensayo de un concierto, a una reunión con su agente, pero ella estuvo un mes entero sin pensar más que en la mujer con la que se encontraría Klima ese día y durmió mal durante todo ese mes.

Si la aterrorizaba tanto el traicionero mundo de las mujeres, ¿no podía ir a buscar consuelo en el mundo de los hombres?

Difícilmente. Los celos tienen el asombroso poder de iluminar con rayos penetrantes únicamente a uno solo, dejando en total oscuridad a la masa de los demás hombres. La mente de la señora Klima no era capaz de seguir más que la dirección de aquellos mortificantes rayos y su marido se había convertido en el único hombre del mundo.

Ahora oyó el sonido de la llave en la cerradura y vio al trompetista con un ramo de rosas.

Al principio se alegró, pero inmediatamente aparecieron las dudas: ¿por qué le lleva un ramo hoy si el cumpleaños es mañana? ¿Qué novedad es ésta?

–¿Mañana no vendrás? –le preguntó a modo de saludo.

9

El hecho de que le trajese las rosas hoy no implicaba en modo alguno que mañana no viniese. Pero sus desconfiadas antenas, eternamente atentas, eternamente celosas, eran capaces de adivinar con mucha antelación cualquier propósito oculto del marido. Cada vez que Klima advertía la existencia de estas terribles antenas que lo desnudaban, lo observaban, lo dejaban al descubierto, sentía una desesperada sensación de cansancio. Las odiaba y estaba convencido de que, si su matrimonio estaba amenazado por algo, era sólo por ellas. Siempre había estado seguro (y en ese sentido tenía la conciencia agresivamente limpia) de que, si a veces mentía a su mujer, era sólo porque quería evitarle cualquier padecimiento, impedir que se disgustase, y de que era ella misma, con su desconfianza, la que causaba su propio sufrimiento.

Miraba su rostro y leía en él sospechas, tristeza y mal humor. Tenía ganas de estrellar el ramo contra el suelo, pero se contuvo. Sabía que los próximos días iba a tener que contenerse en situaciones mucho mas complicadas.

–¿Tienes algo en contra de que te haya traído las flores hoy? –dijo y su mujer sintió la irritación de su voz y por eso le dio las gracias y fue a poner agua en el florero–. Maldito socialismo –dijo después Klima.

—¿Por qué lo dices?

—No me hables. Siempre nos obligan a actuar gratis. Una vez en beneficio de la lucha contra el imperialismo, otra vez para el aniversario de la revolución, la tercera vez en el cumpleaños de algún jerarca, y si no quiero que acaben con nuestra orquesta tengo que decir que sí a todo. No sabes cómo me puse hoy.

—¿Qué pasó? —dijo sin interés.

—Mientras estábamos ensayando nos vino a ver una funcionaria del Ayuntamiento y nos empezó a explicar lo que podemos y lo que no podemos tocar y al final nos obligó a dar un concierto gratis para la Unión de la Juventud. Pero lo peor es que mañana tengo que pasarme todo el día en una especie de reunión estúpida en la que nos van a explicar lo que tiene que hacer la música para contribuir a edificar el socialismo. ¡Todo el día perdido, perdido por completo! ¡Y precisamente el día de tu cumpleaños!

—¡Espero que no te hagan pasar la noche ahí!

—No. Pero imagínate el humor que tendré cuando vuelva. Por eso tenía ganas de pasar al menos un rato tranquilo contigo esta noche —dijo y cogió a su mujer de la mano.

—Muy amable por tu parte —dijo la señora Klima y él notó, por el tono de su voz, que no se había creído ni una palabra de lo que le había dicho sobre la reunión del día siguiente.

Por supuesto, la señora Klima no se atrevía a decirle claramente que no le creía. Ella sabía que su desconfianza le irritaba profundamente. Pero hacía tiempo ya que Klima había perdido la fe en que ella le creyese. Dijera la verdad o mintiera, él siempre sospechaba que ella sospechaba de él. Pero no había nada que hacer, ahora tenía que seguir hablando como si creyese que ella le creía y ella (con un gesto triste y ausente) le hacía preguntas sobre la conferencia del día siguiente para demostrarle que no ponía en duda su existencia.

Después, ella fue a la cocina a preparar la cena. Le puso demasiada sal. Siempre le había gustado cocinar y lo hacía muy bien (la vida no la había mimado y no había perdido la costumbre de ocuparse de la casa) y Klima sabía que, si esta vez no le había salido bien, era porque estaba sufriendo. Al imaginarse el movimiento brusco y dolido con el que ella salaba la comida, sentía una opresión en el corazón. Le daba la impresión de que reconocía en los bocados salados que comía el sabor de las lágrimas de ella y de que se estaba tragando su propia culpabilidad. Sabía que a Kamila la torturaban los celos y que se iba a pasar otra noche sin dormir y por eso tenía ganas de acariciarla, de besarla, de consolarla, pero se daba cuenta inmediatamente de que sería inútil, porque las antenas de ella no descubrirían en su ternura más que mala conciencia.

Finalmente fueron al cine. Klima encontraba cierto aliento en el protagonista de la película que escapaba en la pantalla, con arrebatadora seguridad, a todos los traicioneros peligros. Se imaginaba a sí mismo haciendo aquel papel y por momentos le parecía que convencer a Ruzena de que abortase era una nimiedad y que, gracias a su encanto y su buena estrella, resolvería la situación como si nada.

Después se acostaron ambos en la ancha cama. Él la miraba. Estaba acostada boca arriba con la cabeza apoyada en la almohada, la barbilla ligeramente levantada, los ojos fijos en el techo, y en aquel tenso estiramiento de su cuerpo (siempre le había recordado la cuerda de un instrumento musical, le decía que tenía «alma de cuerda») vio de pronto, en un instante, toda la esencia de ella. Sí, de vez en cuando le sucedía (eran momentos milagrosos) que de pronto, en un único gesto o movimiento, parecía entrever toda la historia del cuerpo y el alma de ella. Eran momentos de una especie de clarividencia absoluta y también de una absoluta emoción; y es que esta mujer le había amado cuando aún no era nadie, siempre había estado dispuesta a sacrificarlo todo por él, entendía a ciegas todos sus pensamientos y por eso podía hablar con ella tanto de Armstrong como de Stravinski, de tonterías y de problemas, era la persona que más cerca estaba de él... Se imaginó ahora que este cuerpo suave, que este rostro suave, estaban muertos y sintió que no sería capaz de sobrevivir sin ella ni un solo día. Sabía que era capaz de defenderla hasta el último aliento, que era capaz de dar su vida por ella.

Pero aquella sensación de amor que le impedía respirar no fue más que un destello de impotencia que apenas duró un segundo, porque su mente estaba completamente repleta de angustia y miedo. Yacía junto a Kamila, sabía que la amaba inmensamente, pero estaba ausente. Acariciaba su cara como si la acariciase desde una distancia de muchos cientos de kilómetros.

Día segundo

1

Eran aproximadamente las nueve de la mañana; en el aparcamiento fuera del balneario (los coches no podían pasar más allá) se detuvo un elegante automóvil blanco y de él bajó Klima.

En medio del balneario se extendía un parque alargado con árboles ralos, césped, caminillos de arena y bancos de colores. A ambos lados del parque se alzaban las instalaciones del balneario, entre otros el Edificio Marx, donde vivía la enfermera Ruzena en la habitación en la que el trompetista, una noche, pasó dos horas fatales. Frente al Edificio Marx, al otro lado del parque, se elevaba el más hermoso del balneario, estilo Art Nouveau de comienzos de siglo, cubierto de estucados decorativos y con un mosaico encima de la entrada. Era el único edificio que había tenido el privilegio de conservar sin cambios su nombre original: *Richmond.*

–¿Sigue viviendo aquí el señor Bertlef? –preguntó Klima al portero y, al recibir una respuesta afirmativa, subió corriendo por la alfombra roja hasta el primer piso y llamó a la puerta.

Al entrar vio a Bertlef en pijama que venía a su encuentro. Le pidió disculpas por no haberle anunciado su visita, pero Bertlef le interrumpió:

–¡Amigo mío! ¡No se disculpe! Me brinda usted la mayor alegría que jamás me haya dado nadie aquí a estas horas de la mañana.

Estrechó la mano de Klima y continuó:

–En este país la gente no aprecia la mañana. Se despiertan por la fuerza, con la ayuda del despertador, que destruye su sueño como el golpe de un hacha, y se entregan repentinamente a una lastimosa prisa. ¡Ya me dirá usted qué clase de día es el que empieza con semejante acto de violencia! ¡Qué puede pasarle a la gente cuando recibe diariamente, con la ayuda del despertador, un pequeño shock eléctrico! Diariamente tienen que acostumbrarse a la violencia y desacostumbrarse al goce. Créame, lo que decide el carácter de la gente son sus mañanas.

Bertlef cogió a Klima suavemente por el hombro, lo sentó en el sillón y siguió hablando:

–Y a mí me gustan tanto esas horas matinales de inactividad por las que cruzo lentamente, como por un puente lleno de estatuas, de la noche al día, del sueño a la vigilia. Ésa es la parte del día en la que agradecería tanto un pequeño milagro, un encuentro imprevisto, que me convenciera de que los sueños de mi noche continúan y de que entre la aventura del sueño y la aventura del día no se abre un abismo.

El trompetista observaba a Bertlef paseando en pijama por la habitación, alisándose con la mano su cabello cano, y se daba cuenta de que su sonora voz tenía un inevitable acervo norteamericano y las palabras que elegía resultaban agradablemente anticuadas, lo cual podía explicarse fácilmente porque nunca había vivido en su país de origen y había aprendido su idioma materno únicamente a través de su familia.

–Y nadie, amigo –se inclinó ahora hacia Klima con una sonrisa de complicidad–, nadie en todo este balneario es capaz de complacerme. Incluso las enfermeras, por lo demás tan dispuestas, ponen mala cara cuando pretendo seducirlas para que pasen conmigo un rato de alegría durante el desayuno, de modo que debo posponer todas las citas para la noche, cuando ya estoy realmente un tanto fatigado.

Se acercó a la mesilla del teléfono y preguntó:

–¿Cuándo ha llegado?

–Ahora, por la mañana –dijo Klima–. En coche.

–Seguro que tendrá hambre –dijo Bertlef y levantó el auricular.

Encargó dos desayunos:

–Cuatro huevos pasados por agua, queso, mantequilla, pan, leche, jamón, té.

Mientras tanto Klima observaba la habitación. Una mesa redonda grande, sillas, sillones, un espejo, dos divanes, una puerta que conducía al cuarto de baño y otra a una habitación contigua en la que, por lo que recordaba, había un pequeño dormitorio. Allí, en ese maravilloso apartamento, había empezado todo. Aquí es donde estuvieron emborrachándose los muchachos de su orquesta, para cuya diversión el rico norteamericano invitó a unas cuantas enfermeras.

–Sí –dijo Bertlef–, ese cuadro que está mirando no estaba aquí la última vez.

Fue entonces cuando el trompetista advirtió la presencia del cuadro, el retrato de un hombre con barba y un extraño círculo de color azul pálido alrededor de la cabeza, con un pincel y una paleta en la mano. El cuadro no parecía muy perfecto, pero el trompetista sabía que muchos cuadros que no parecen muy perfectos son famosos.

–¿Quién lo pintó?

–Yo mismo –respondió Bertlef.

–No sabía que pintase.

–Me gusta mucho pintar.

–¿Y quién es? –se atrevió a preguntar el trompetista.

–San Lázaro.

–¿Lázaro era pintor?

–No es el Lázaro bíblico, sino San Lázaro, un monje que vivió en el siglo noveno en Constantinopla. Es mi patrono.

–¿Cómo es eso? –preguntó el trompetista.

–Fue un santo muy curioso. No lo torturaron los paganos por creer en Cristo, sino los malos cristianos porque le gustaba demasiado pintar. Probablemente sabrá que durante los siglos octavo y noveno se impuso en el sector griego de la Iglesia un firme ascetismo que no toleraba ningún tipo de goce terrenal. Incluso los cuadros y las estatuas eran considerados manifestaciones de un sibaritismo vicioso. El emperador Teófilo mando destruir miles de hermosos cuadros, y a mi Lázaro le prohibió pintar. Pero Lázaro sabía que con sus cuadros glorificaba a Dios y no se sometió. Teófilo lo encarceló, lo torturó; pretendía que Lázaro abjurase del pincel, pero Dios se compadeció de él y le dio fuerzas para soportar los crueles sufrimientos.

–Es una hermosa historia –dijo el trompetista cortésmente.

–Hermosa. Pero seguro que usted no ha venido a verme para contemplar mis cuadros.

En ese momento llamaron a la puerta y entró el camarero con una gran bandeja. La puso encima de la mesa y les sirvió el desayuno a los dos hombres.

Bertlef invitó al trompetista a sentarse y dijo:

–El desayuno no es tan exquisito como para que no podamos seguir charlando mientras lo tomamos. ¡Cuénteme sus problemas!

Y así el trompetista, mientras masticaba, fue relatando su historia, que incitó en varias ocasiones a Bertlef a plantearle inquisitivas preguntas.

2

Lo primero que le llamó la atención fue que Klima no hubiera respondido a ninguna de las cartas de Ruzena, que no quisiese ponerse al teléfono y que no hubiese hecho, por su parte, ni un solo gesto amistoso, capaz de prolongar aquella noche de amor con su eco apaciguador y silencioso.

Klima reconoció que no había actuado ni con corrección ni con inteligencia. Pero dijo que no hubiera podido hacer otra cosa. La idea de volver a tener algún tipo de relación con aquella muchacha le repelía.

–Seducir a una mujer –dijo Bertlef con disgusto–, eso sabe hacerlo hasta el más tonto. Pero saber abandonarla es algo que sólo puede hacer un hombre maduro.

–Ya lo sé –reconoció con tristeza el trompetista–, pero esa repugnancia, ese insuperable rechazo, es en mí más fuerte que cualquier buen propósito.

–Pero ¿qué me dice? –se asombró Bertlef–, ¿es usted misógino?

–Eso dicen de mí.

–Pero ¿por qué? ¡Usted no parece ni impotente ni homosexual!

–Y ciertamente no soy ni impotente ni homosexual. Es algo mucho peor –reconoció el trompetista con melancolía–. Amo a mi propia mujer. Ése es mi secreto erótico, que le resulta incomprensible a la mayoría de la gente.

Aquella confesión era tan enternecedora que los dos hombres permanecieron en silencio durante un momento. Al cabo de ese momento el trompetista continuó:

–Nadie lo entiende y menos que nadie mi propia mujer. Cree que un gran amor se pone de manifiesto cuando uno no tiene ninguna aventura con las demás mujeres. Pero eso es una tontería. A cada rato me siento impulsado a conquistar a una mujer extraña, pero en el momento en que me apodero de ella, una especie de poderoso resorte me lanza de vuelta hacia Kamila. A veces pienso que busco a esas otras mujeres sólo debido a ese resorte, debido a ese lanzamiento y a ese maravilloso vuelo (lleno de ternura, deseo y humildad) hacia mi propia mujer, a la que tras cada infidelidad quiero más y más.

–De modo que la enfermera Ruzena no fue para usted más que una confirmación en su amor monogámico.

–Sí –dijo el trompetista–. Una confirmación muy agradable. Y es que la enfermera Ruzena tiene un encanto considerable si la vemos por primera vez y, al mismo tiempo, es muy conveniente que ese encanto se agote por completo al cabo de dos horas, de modo que no haya nada que lo tiente a uno a permanecer, y el resorte lo lance poderosamente hacia un maravilloso vuelo de regreso.

–Querido amigo, difícilmente podría demostrar en algún otro caso mejor que en el suyo que un amor exagerado es pecaminoso.

–Yo pensaba que mi amor por mi mujer era lo único bueno que había en mí.

–Y se equivocaba. El exagerado amor por su mujer no es el polo contrario que compensa su falta de sensibilidad, sino lo que la produce. Como su mujer lo es todo para usted, las demás mujeres no son nada o, dicho de otro modo, son para usted unas putas. Y eso es una gran blasfemia y una gran falta de respeto hacia unas criaturas que han sido creadas por Dios. Querido amigo, ese tipo de amor es una herejía.

3

Bertlef apartó la taza vacía, se levantó de la mesa y entró en el cuarto de baño desde el cual llegó hasta Klima primero el sonido del agua al correr y, al cabo de un rato, la voz de Bertlef:

–¿Cree usted que una persona tiene derecho a dar muerte a un niño que aún no ha nacido?

En cuanto había visto el cuadro del barbudo con la aureola

se había quedado un poco sorprendido. Recordaba a Bertlef como un hombre jovial y amigo de la buena vida y no se le había ocurrido pensar que pudiera ser creyente. Ahora se sentía angustiado porque temía oír una amonestación moralizante y que el único oasis en el desierto de estos días se le convirtiese en arena. Con voz apesadumbrada dijo:

–¿Es usted de esos que lo llaman asesinato?

–Asesinato es una palabra que recuerda demasiado a la silla eléctrica –dijo–. Me refiero a otra cosa. Creo que hay que aceptar la vida con todo lo que conlleva. Ése es el primer mandamiento, anterior a los otros diez. Todos los acontecimientos están en manos de Dios y nosotros no sabemos nada del destino que les espera mañana, con lo cual quiero decir que aceptar la vida con todo lo que conlleva significa aceptar lo imprevisto. Y un hijo es una concentración de lo imprevisto. Un hijo es la imprevisión pura. Uno no sabe en qué se convertirá, qué es lo que traerá de nuevo y, precisamente por eso, hay que aceptarlo. De otro modo uno viviría sólo a medias, viviría como quien no sabe nadar, chapotea junto a la orilla, a pesar de que el verdadero mar sólo está allí donde hay profundidad.

El trompetista argumentó que el hijo no era suyo.

–Aceptemos que no lo es –dijo Bertlef–. Pero acepte también usted sinceramente que trataría insistentemente de convencer a Ruzena de que abortase, aunque el hijo fuera suyo. Lo haría usted por su mujer y por el pecaminoso amor que siente por ella.

–Sí, lo reconozco –dijo el trompetista–, trataría de que abortase cualesquiera que fueran las circunstancias.

Bertlef estaba apoyado en el marco de la puerta del cuarto de baño y sonreía:

–Le comprendo y no trataré de convencerle. Soy demasiado viejo para pretender arreglar el mundo. Le he dicho lo que pensaba y eso es todo. Seguiré siendo amigo suyo, aunque actúe usted en contra de mis convicciones, y le ayudaré aunque no esté de acuerdo con usted.

El trompetista miró a Bertlef, que había pronunciado la última frase con la voz aterciopelada de un sabio predicador. La impresión que producía era grandiosa. Le parecía que todo lo que Bertlef decía podía cumplir la función de una leyenda, una parábola, un ejemplo, un capítulo de una especie de Evangelio moderno. Tenía ganas (comprendamos que estaba excitado y predispuesto a hacer gestos exagerados) de hacerle una profunda reverencia.

–Le ayudaré en todo lo que pueda –continuó Bertlef–: iremos dentro de un momento a ver a mi amigo Skreta, el director de la clínica, que se ocupará del aspecto médico de toda esta cuestión. Pero dígame cómo va a obligar a Ruzena a que adopte una decisión en contra de su voluntad.

4

Ése fue el tercer tema que analizaron. Cuando el trompetista expuso su plan, Bertlef dijo:

–Esto me recuerda una historia que me sucedió a mí cuando, en mi época de joven aventurero, trabajaba como obrero en los muelles y la que nos traía la comida era una muchacha de un corazón extraordinariamente generoso, incapaz de decirle que no a nadie. Pero los hombres suelen dar, a cambio de semejante bondad del alma (y del cuerpo), más bien brusquedad que agradecimiento, de modo que yo era el único que se comportaba con ella con respeto y amabilidad, a pesar de que era precisamente yo el que no tenía nada que ver con ella. Mi amabilidad hizo que se enamorase de mí. Le hubiera causado gran dolor y humillación si, por fin, no me hubiera acostado con ella. Pero sólo lo hice una vez e inmediatamente le expliqué que la seguiría amando con un gran amor espiritual, pero que ya no podríamos seguir siendo amantes. Se echó a llorar, huyó, me retiró el saludo y volvió a entregarse, aún con mayor ímpetu, a todos los demás. Pasaron dos meses y me comunicó que estaba embarazada de mí.

–¡Entonces su situación era igual a la mía! –exclamó el trompetista.

–Amigo mío –dijo Bertlef–, ¿no sabe acaso que lo que a usted le ocurre es la historia de todos los hombres del mundo?

–¿Y qué hizo usted?

–Me comporté de un modo semejante al que quiere comportarse usted, pero con una sola diferencia. Usted pretende simular amor por Ruzena, mientras que yo sentía de verdad amor por ella. Veía ante mí a una pobre muchacha, humillada y lastimada por todos, a una pobre muchacha que hasta entonces no había conocido la amabilidad más que a través de un solo hombre y ahora no quería perderla. Comprendí que me quería y no podía enfadarme por que lo manifestase del único modo en que sabía hacerlo, con los únicos medios que le brindaba su inocente bajeza. Fíjese en lo que le dije: «Sé perfectamente que estás embarazada de otro. Pero también sé que has utilizado esa estratagema por amor y quiero pagar tu amor con el mío. Me da lo mismo de quién sea el hijo y, si quieres, me casaré contigo».

–¡Eso fue una locura!

–Pero quizá más eficaz que su elaborado plan. Cuando le hube repetido varias veces a aquella putita que la quería y que me casaría con ella con hijo y todo, se puso a llorar y reconoció que me había mentido. Dijo que, al ver mi bondad, había comprendido que no era digna de mí y que nunca podría casarse conmigo.

El trompetista callaba pensativo y Bertlef añadió:

–Me gustaría que esta historia pudiese servirle de parábola. No trate de fingir amor por Ruzena y procure quererla de verdad.

Trate de compadecerse de ella. Aunque le esté engañando, intente ver en esa mentira la forma que ella tiene de entender el amor. Estoy seguro de que ella no podrá resistirse a la fuerza de su bondad y hará todo lo necesario para no causarle daño.

Las palabras de Bertlef le produjeron al trompetista una gran impresión. Pero en cuanto recordó con mayor vivacidad el aspecto de Ruzena, comprendió que el camino del amor que le indicaba Bertlef era para él intransitable: era un camino para santos y no para personas normales.

5

Ruzena estaba sentada detrás de una mesilla en una gran sala del balneario que a lo largo de las paredes tenía camas en las que descansaban las pacientes después del tratamiento. Llegaron dos pacientes y le entregaron sus cartillas. Apuntó en ellas la fecha, les entregó las llaves de las cabinas, una toalla y una larga sábana. Después miró el reloj y fue andando hacia la sala posterior (sólo llevaba una bata blanca encima del cuerpo desnudo, porque las salas cubiertas de azulejos estaban llenas de vapor) hasta la piscina, donde unas veinte mujeres chapoteaban en la milagrosa agua de la fuente termal. Llamó a tres de ellas por su nombre para comunicarles que el tiempo de que disponían para bañarse había concluido. Las damas salieron obedientes de la piscina, menearon sus grandes pechos, de los que goteaba el agua, y siguieron, dando saltitos, a Ruzena, que las condujo a la sala delantera. Allí, las damas se acostaron en las camas vacías y, una tras otra, Ruzena las envolvió en la sábana, les secó los párpados con una esquina de la sábana y después les echó una manta abrigada por encima. Le sonrieron, pero Ruzena no correspondió a su sonrisa.

No es nada agradable haber nacido en una pequeña ciudad por la que pasan al año diez mil mujeres y casi ningún hombre joven; aquí, una mujer puede tener ya a los quince años una imagen clara de las posibilidades eróticas que le aguardan en la vida si no cambia de domicilio. ¿Y cómo cambiar de domicilio? El instituto en el que estaba empleada era muy reacio a deshacerse de sus empleados y los padres de Ruzena también protestaban a la menor referencia a una mudanza.

No, esta muchacha, aunque ponía bastante empeño en cumplir con sus obligaciones, no rebosaba amor por sus pacientes. Podemos citar tres motivos:

Envidia: aquellas mujeres venían de estar con sus maridos, sus amantes, en un mundo en el que, a juicio de ella, florecían miles de posibilidades que a ella le resultaban inaccesibles, a pesar de que tenía unos pechos más bonitos, unas piernas más largas y una cara de formas más regulares que ellas.

Además de envidia, impaciencia: llegaban con sus destinos lejanos y ella aquí carecía de destino, el año pasado igual que este año; le aterrorizaba que en este pequeño pueblo pasara el tiempo sin acontecimientos y, aunque era joven, pensaba continuamente en que su vida transcurriría sin darle tiempo a empezar a vivirla.

Para completar el trío, sentía una repugnancia natural hacia esa cantidad de mujeres que rebajaba el valor individual de cada mujer. Estaba rodeada de una triste inflación de pechos femeninos, entre los cuales incluso unos pechos tan bonitos como los de ella perdían valor.

Acababa de envolver, sin una sonrisa, a la última de las damas, cuando asomó la cabeza su compañera delgada y le dijo: «¡Teléfono!».

Tenía un gesto tan solemne que Ruzena se dio cuenta inmediatamente de quién le llamaba. Llegó a la cabina con la cara enrojecida, levantó el auricular y dijo su nombre.

Klima la saludó y le preguntó cuándo iba a tener tiempo para él.

–Termino a las tres –respondió–, a las cuatro podríamos vernos.

Después hablaron del lugar de reunión: Ruzena propuso el mayor de los bares del balneario, que estaba abierto todo el día. La compañera delgada, que permanecía al lado de Ruzena y no apartaba la vista de su boca, hizo un gesto afirmativo. El trompetista argumentó que preferiría ver a Ruzena en algún sitio en el que pudieran estar a solas y propuso salir del balneario en su coche.

–Es inútil. ¿Adónde íbamos a ir? –dijo Ruzena.

–Estaremos a solas.

–Si te da vergüenza que te vean conmigo, mejor no haber venido –dijo Ruzena, y su compañera volvió a hacer un gesto de aprobación.

–No quería decir eso –dijo Klima–. Te espero entonces a las cuatro frente al bar.

–Estupendo –dijo la compañera delgada cuando Ruzena colgó–. Quería que os vieseis en algún sitio escondido, pero tú tienes que tratar de que os vea la mayor cantidad de gente posible.

Ruzena seguía muy excitada y la idea de verlo le daba miedo. Ya no era capaz de acordarse de Klima. ¿Qué aspecto tiene, cómo sonríe, cómo se comporta? De aquel único encuentro no le había quedado más que un recuerdo muy vago. Sus compañeras le habían preguntado mucho por el trompetista, querían saber cómo era, qué decía, cómo quedaba sin ropa y cómo hacía el amor. Pero ella no sabía decirles nada y lo único que repetía es que había sido *como un sueño*.

No era una simple frase: el hombre con el que había pasado dos horas había descendido hasta ella desde los carteles. Su fotografía había adquirido por un momento materialidad tridimensional, temperatura y peso para volver inmediatamente a convertirse en una imagen inmaterial y descolorida, multiplicada en miles de reproducciones y por ello tanto más abstracta e irreal.

Gracias a que se le escapó entonces con tanta rapidez, de vuelta a su signo gráfico, le dejó la desagradable sensación de su perfección. No podía aferrarse a ningún detalle que le hiciese descender y lo acercase a ella. Cuando estaba lejos, ella estaba llena de decidida combatividad, pero ahora, cuando ya sentía su proximidad, perdía el coraje.

–Mantente firme –le dijo la delgada–. Yo estaré de tu parte.

6

Cuando Klima terminó su conversación con Ruzena, Bertlef lo cogió del brazo y lo llevó al Edificio Marx, donde el doctor Skreta tenía su consulta y su casa. En la sala de espera había unas cuantas mujeres sentadas, pero Bertlef dio sin vacilar cuatro golpes breves a la puerta del consultorio. Al cabo de un rato salió un hombre alto vestido con una bata blanca, con gafas y una nariz voluminosa. Les dijo a las mujeres de la sala de espera *un momento, por favor* y condujo a los dos hombres hacia un pasillo y por él a su casa, que estaba en el piso superior.

–¿Cómo está, maestro? –se dirigió al trompetista cuando los tres se sentaron–. ¿Cuándo volveremos a verle por aquí dando algún concierto?

–Nunca en la vida –respondió Klima–. Este balneario me trae mala suerte.

Bertlef le explicó al doctor Skreta lo que le había ocurrido al trompetista y Klima le dijo:

–Necesito su ayuda. En primer lugar querría saber si es verdad que está en estado. Puede que sólo se le haya retrasado. O esté haciendo comedia. Eso me lo hizo una chica, hace ya mucho tiempo. También era rubia.

–Con las rubias es mejor no meterse –dijo el doctor Skreta.

–Sí –asintió Klima–, las rubias son mi desgracia. Doctor, aquello fue terrible. La obligué a ir a una revisión médica. Pero en un embarazo tan reciente no se puede saber nada seguro. Así que quise que le hicieran una prueba con cobayas. Se le inyecta la orina de ella a la cobaya y cuando se le inflaman los ovarios a la cobayita...

–... es que la dama está en estado –completó la frase el doctor Skreta.

–Llevaba en un frasco la primera orina de la mañana, yo la acompañaba y, al llegar a la clínica, dejó caer el frasco en la acera. ¡Me lancé sobre aquellos cristales rotos para salvar al menos algunas gotas! ¡Me porté como si hubiera dejado caer el Santo Grial! Lo había roto a propósito porque sabía que no estaba embarazada y quería prolongar al máximo mis padecimientos.

–Es el típico comportamiento de una rubia –dijo el doctor Skreta sin extrañarse.

–¿Cree usted que las rubias son distintas a las morenas? –dijo Bertlef.

–Por supuesto –dijo el doctor Skreta–. Los cabellos rubios y los morenos son los dos polos del comportamiento humano. Los cabellos morenos representan virilidad, valor, franqueza y actividad, mientras que los rubios simbolizan la femineidad, la ternura, la impotencia y la pasividad. De modo que una rubia es, en realidad, doblemente mujer. Las princesas tienen que ser rubias. Por eso las mujeres, para ser lo más femeninas que puedan, se tiñen de rubio y nunca de negro.

–Me gustaría mucho saber a través de qué vías hacen valer los pigmentos su influencia sobre el alma humana –dijo Bertlef escéptico.

–No se trata de los pigmentos. Las rubias, sobre todo las artificiales, imitan involuntariamente a sus cabellos. Quieren ser fieles a su color y se transforman en seres frágiles, en muñecas de juguete, exigen ternura y atenciones, galantería y pago de alimentos, no saben hacer nada por su cuenta, por fuera son todo finura y por dentro grosería. Si el pelo moreno se pusiese de moda en todo el mundo, se viviría bastante mejor en esta tierra. Ésa sería la más importante reforma social que se hubiera realizado jamás.

–De modo que es bastante posible que Ruzena también esté haciendo comedia –dijo Klima tratando de encontrar alguna esperanza en las palabras de Skreta.

–No. La examiné anteayer. Está embarazada –dijo el doctor Skreta.

Bertlef advirtió que la cara del trompetista se había puesto de color verde y dijo:

–Doctor, creo que usted es el presidente de la comisión que autoriza los abortos.

–Sí –dijo Skreta–. El viernes tenemos reunión.

–Estupendo –dijo Bertlef–. Esto debería acelerarse lo más posible porque nuestro amigo podría hundírsenos. Sé que en este país los abortos los autorizan a regañadientes.

–Muy a regañadientes –dijo el doctor Skreta–. Tengo en la comisión a dos viejas que representan el poder popular, son espantosamente feas y odian a todas las mujeres que vienen a vernos. ¿Saben quiénes son los mayores misóginos del mundo? Las mujeres. Ningún hombre, ni siquiera el señor Klima, al que dos mujeres intentaron adjudicarle ya sus embarazos, ha sentido tanto odio hacia las mujeres como el que sienten hacia sí mismas las propias mujeres. ¿Por qué creen ustedes que se esfuerzan por conquistarnos? Sólo para herir y humillar a sus compañeras. Dios puso en el corazón de las mujeres el odio hacia las demás mujeres porque quería que la humanidad se multiplicase.

–Prefiero perdonarle rápidamente sus palabras –dijo Bertlef–, porque quiero volver al problema de nuestro amigo. Pese a todo, es usted quien manda en esa comisión y esas viejas feas le hacen caso.

–Soy el que manda, pero me da lo mismo, quiero dejarlo. No me produce ni un céntimo de beneficio. ¿Cuánto gana usted, maestro, en un solo concierto?

La cifra que dio Klima llamó la atención de Skreta.

–Pienso con frecuencia –dijo– que podría ganar un sueldo suplementario con la música. Toco bastante bien la batería.

–¿Toca usted la batería? –el trompetista procuraba mostrar interés.

–Sí –dijo el doctor Skreta–. En el Centro Cultural tenemos un piano y una batería. En mis ratos libres suelo tocar.

–Es magnífico –exclamó el trompetista, satisfecho de encontrar una ocasión de halagar al médico.

–Pero no tengo músicos para formar una verdadera orquesta. El farmacéutico es el único que toca bastante bien el piano. Hemos ensayado algunas veces juntos. ¿Sabe lo que podemos hacer? –pensó–: Cuando la Ruzena ésa se presente ante la comisión...

–¡Si es que se presenta! –suspiró Klima.

El doctor Skreta hizo un gesto despectivo:

–Todas vienen. Pero la comisión exige que se presente también el padre, así que usted tendrá que venir con ella. Y para no hacer el viaje sólo por semejante tontería, podría venir un día antes y por la noche organizaríamos un concierto. Trompeta, piano y batería. Tres *faciunt orchestrum.* Si figura su nombre en el cartel, la sala estará llena. ¿Qué le parece?

Klima siempre había sido exageradamente escrupuloso en cuanto a la perfección y la profesionalidad de sus actuaciones y la proposición del doctor le hubiera parecido, anteayer mismo, completamente absurda. Pero hoy no le importaba nada más que las vísceras de una enfermera y respondió a la pregunta del doctor con amable entusiasmo:

–¡Sería estupendo!

–¿De verdad? ¿Está de acuerdo?

–Por supuesto.

–Y usted ¿qué opina? –Skreta se dirigió a Bertlef.

–Es una idea excelente. Lo único que no sé es cómo van a poder prepararlo todo en dos días.

En lugar de responder Skreta se levantó y fue hacia el teléfono. Marcó un número, pero no contestó nadie.

–Lo más importante es encargar inmediatamente los carteles, pero nuestra secretaria debe de estar almorzando –dijo–. La sala no es problema. La Sociedad de Educación Popular organiza allí el jueves una conferencia contra el alcoholismo y el que la pronuncia es un colega mío. Se sentirá muy feliz si le pido que se disculpe por enfermedad. Y usted tendría que venir el jueves por la tarde para que podamos probar un poco qué tal lo hacemos juntos. ¿O no hace falta?

–Sí, sí –dijo Klima–. Sí, hace falta. Hay que dar un repaso.

–Opino lo mismo –asintió Skreta–. Ensayaríamos lo mejor del repertorio. Yo toco muy bien a la batería *Saint Louis Blues* y *The Saints Go Marching in.* Tengo varios solos preparados, estoy impaciente por saber su opinión. ¿Qué plan tiene para hoy por la tarde? ¿No quiere que lo ensayemos?

–Por desgracia hoy tengo que convencer a Ruzena de que acepte someterse al raspado.

Skreta hizo un gesto de despreocupación:

–No se cree problemas. Estará de acuerdo sin necesidad de que la convenzan.

–Doctor –dijo Klima en tono de súplica–. Mejor que lo dejemos para el jueves.

–Yo también creo que es mejor que ensayen el jueves –intercedió Bertlef–. Nuestro amigo no sería seguramente capaz de concentrarse. Además me parece que no ha traído la trompeta.

–Es verdad –reconoció Skreta y condujo a los dos amigos hasta el restaurante de enfrente.

Pero en la calle los alcanzó la enfermera de Skreta y le suplicó al doctor que regresase a la consulta. El doctor Skreta se disculpó con sus amigos y se dejó llevar por la enfermera hacia sus estériles pacientes.

7

Ruzena se había ido a vivir a la pequeña habitación del Edificio Marx hacía aproximadamente medio año, dejando la casa de sus padres en un pueblo cercano. Esperaba que la vida independiente le deparara quién sabe qué maravillas y el tiempo transcurrido le había demostrado que utilizaba la pequeña habitación y la libertad con menos fortuna y menos intensidad de lo que antes soñara.

Al regresar ese día a las tres de la tarde de la Casa de Baños a su habitación, se encontró con la desagradable sorpresa de que allí la esperaba, repanchigado en el diván, su padre. Era un fastidio, porque tenía la intención de dedicarse por entero a su vestuario, a peinarse y elegir el vestido que iba a ponerse.

–¿Qué haces aquí? –le preguntó malhumorada y pensando con rabia en el portero, que conocía a su padre y estaba siempre dispuesto a abrirle, en su ausencia, la puerta de su habitación.

–Tenía un rato libre –dijo el padre–. Hoy tenemos prácticas aquí.

Su padre era miembro del Servicio de Orden Voluntario. Los médicos se reían de aquellos viejos que iban por la calle con un distintivo en el brazo, dándose importancia, y por eso a Ruzena le daba vergüenza que su padre se dedicase a semejante actividad.

–No sé cómo te puede gustar –murmuró ella.

–Deberías estar contenta de tener a un padre que nunca ha

sido ni será un vago. ¡Ya os demostraremos los jubilados de lo que somos capaces!

Ruzena pensó que lo mejor era dejarle hablar y se concentró en la elección del vestuario. Abrió el armario.

–Me gustaría saber de qué sois capaces –dijo Ruzena.

–De muchas cosas. Éste es un balneario de fama internacional, hijita. ¡Y hay que ver cómo está! ¡Los niños corren por el césped!

–Vaya por Dios... –dijo Ruzena revolviendo los vestidos. No había ninguno que le gustase.

–Si fuesen sólo los niños, pero ¡y los perros! ¡Hace ya mucho tiempo que el Ayuntamiento ordenó que los perros fuesen con correa y bozal! Pero aquí no obedece nadie, todo el mundo hace lo que quiere. Fíjate en el parque.

Ruzena cogió un vestido y empezó a desnudarse, oculta tras la puerta entreabierta del armario.

–¡Lo mean todo! ¡Hasta la arena donde juegan los niños! Imagínate que un niño está jugando y se le cae el bocadillo a la arena. ¡Y después te extraña que haya tantas enfermedades! ¡Mira! –el padre se acercó a la ventana–. Ahora mismo hay cuatro perros sueltos.

Ruzena salió de detrás del armario y se miró al espejo. Pero no tenía más que un espejo pequeño en la pared, en el que no podía verse más que hasta la cintura.

–A ti esto no te interesa, ¿eh? –le preguntó el padre.

–Me interesa –dijo Ruzena alejándose de puntillas del espejo para comprobar cómo quedaban sus piernas con aquel vestido–, pero no te enfades, es que salgo dentro de un momento y tengo prisa.

–Entiendo que haya perros de policía o de caza –dijo el padre–. Pero no comprendo a la gente que tiene un perro en un piso. ¡Dentro de poco las mujeres dejarán de parir y llevarán a sus chuchos en los cochecitos!

Ruzena no estaba contenta con la imagen que le devolvía el espejo. Volvió al armario y se puso a buscar un vestido que le quedase mejor.

–Hemos decidido que para que pueda haber un perro en una casa tienen que dar su autorización todos los demás inquilinos en la reunión de vecinos. Además subiremos las tasas por tener perros.

–Veo que tienes problemas muy graves –dijo Ruzena y pensó que estaba contenta de no tener que vivir en su casa.

Desde pequeña había sentido rechazo por la costumbre de su padre de estar siempre dando lecciones y mangoneando. Ansiaba encontrar un mundo en el que la gente hablase de otra manera.

–No es necesario que te rías de mí. Los perros son un problema verdaderamente serio y no es que lo piense yo solo, lo piensan las más altas personalidades políticas. A lo mejor es que se han olvidado de preguntarte a ti lo que es importante y lo que no lo es. Claro que tú les dirías que lo más importante del mundo son tus vestidos –dijo al darse cuenta de que su hija se había vuelto a esconder detrás del armario para cambiarse de ropa.

–Seguro que son más importantes que tus perros –dijo en tono seco y volvió a ponerse de puntillas ante el espejo.

Y seguía sin gustarse. Pero el disgusto consigo misma se iba transformando lentamente dentro de ella en rebeldía: pensó con inquina que el trompetista iba a tener que contentarse con aceptarla aunque fuera con este vestidillo barato, y eso le produjo una especial satisfacción.

–Se trata de la higiene –prosiguió el padre–: Nuestras ciudades nunca estarán limpias mientras los perros sigan cagando junto a los bordillos. Y se trata también de moral. No es correcto que la gente tenga perros mimados en sitios que están hechos para que vivan personas.

Había sucedido algo de lo que Ruzena no era en absoluto consciente: su rebeldía se iba fundiendo misteriosa e inadvertidamente con la indignación de su padre. Ya no sentía hacia él aquel fuerte rechazo de antes, por el contrario extraía inconscientemente energía de sus airadas palabras.

–Nosotros nunca tuvimos perros en casa, ni falta que nos hicieron –dijo el padre.

Seguía mirándose al espejo y sentía que su embarazo le daba una superioridad hasta entonces desconocida. Se guste o no se guste a sí misma, el trompetista ha venido a verla y la invita con gran amabilidad al bar. Además (miró el reloj) ahora mismo ya la está esperando.

–¡Pero nosotros pondremos las cosas en orden, hija, ya verás! –rió el padre.

Y ella le dijo ahora con suavidad, casi con una sonrisa:

–Estupendo, papi. Pero ya me tengo que ir.

–Yo también. Dentro de una rato vuelven a empezar las prácticas.

Salieron juntos del Edificio Marx y se despidieron frente a la puerta. Ruzena fue lentamente hacia el bar.

8

Klima nunca había sabido identificarse con el papel mundano de un artista popular, a quien todo el mundo conoce y, especialmente en este momento de preocupaciones personales, sentía que era una carga y una desventaja. Cuando entró con Ruzena al vestíbulo del bar y se encontró en la pared, frente al guardarropa, con una gran fotografía suya en un cartel que había quedado allí desde el último concierto, sintió una sensación de angustia. Condujo a la chica a la sala mientras adivinaba inconscientemente quiénes de los clientes lo habían reconocido. Le daban miedo los ojos, le parecía que lo seguían y lo controlaban desde todas partes, diciéndole qué gesto debía hacer y cómo tenía que ser. Sintió varias miradas intrigadas. Procuró no advertirlas y se dirigió hacia una mesilla que estaba al fondo del local, junto a una gran ventana desde la que se veían las copas de los árboles del parque.

Cuando se sentaron, él le sonrió, le acarició la mano y le dijo que le quedaba bien el vestido. Ruzena rechazó con modestia los elogios, pero él insistió y trató de hablar durante un rato del tema de su belleza. Dijo que estaba sorprendido de su aspecto. Había estado dos meses pensando en ella hasta que los recuerdos, al intentar dibujarla, le habían dado una imagen alejada de la realidad. Y lo curioso era, al parecer, que, aunque pensaba en ella lleno de deseo, el aspecto real era, sin embargo, superior al imaginado.

Ruzena objetó que el trompetista había estado dos meses sin dar señales de vida y que, por lo tanto, no creía que se hubiera acordado mucho de ella.

Él se había preparado muy bien para responder a esa objeción. Hizo un gesto de cansancio y le dijo a la chica que no se imaginaba lo que habían sido aquellos dos meses para él. La chica le preguntó qué había pasado, pero el trompetista no quería entrar en detalles. Lo único que le dijo fue que había sufrido un gran desengaño y se había quedado de pronto totalmente solo en el mundo, sin amigos, sin una sola persona.

Tenía ciertos temores de que Ruzena empezara a hacerle más preguntas sobre sus problemas, porque podía verse atrapado en sus propias mentiras. Sus temores resultaron injustificados. A Ruzena, en efecto, le interesó mucho saber que el trompetista había pasado unos meses muy malos y aceptó de buen grado esta justificación de sus dos meses de silencio, pero en cambio el contenido mismo de sus tribulaciones le resultó completamente indiferente. Lo único que le importaba de sus tristes meses era la tristeza en sí.

–He pensado mucho en ti y me hubiera gustado ayudarte –dijo ella.

–Estaba tan cansado de todo el mundo que me daba miedo que alguien me viese. Una compañía triste no es una buena compañía –dijo.

–Yo también estaba triste –dijo ella.

–Ya lo sé –le acarició la mano.

–Hacía tiempo ya que pensaba que tenía un hijo tuyo. Y tú no dabas señales de vida. Pero yo me hubiera quedado con el niño, aunque no hubieras venido a verme, aunque no hubieras querido verme nunca más. Pensaba que, aunque me quedara completamente sola, tendría al menos un hijo tuyo. No me desharía de él jamás. Jamás...

En ese momento Klima se quedó sin habla, porque su mente estaba repleta de un pánico silencioso.

Por suerte el camarero, que atendía con desgana a los clientes, se detuvo junto a su mesa y les preguntó qué deseaban.

–Un coñac –suspiró el trompetista e inmediatamente rectificó–: dos coñacs.

Y volvió a producirse un silencio y Ruzena volvió a susurrar:

–Por nada en el mundo me desharía de él.

–No digas eso –por fin se recuperó él–. No es sólo tuyo. Un hijo no es sólo cosa de la mujer. Es cosa de dos. Y los dos deben estar de acuerdo. Si no es así, puede salir todo mal.

Cuando terminó de decirlo, se dio cuenta de que acababa de admitir indirectamente que era el padre de la criatura y que a partir de ese momento sólo iba a poder hablar con Ruzena sobre la base de ese reconocimiento. Es cierto que sabía que estaba actuando de acuerdo con sus planes, que ésta era una concesión que había previsto de antemano, pero aun así se asustó de sus palabras.

Pero en ese momento ya estaba el camarero inclinado sobre ellos con los dos coñacs:

–¡Usted es Klima, el trompetista!

–Sí –dijo Klima.

–Le reconocieron las chicas de la cocina. ¿Es usted el que sale en ese cartel?

–Sí –dijo Klima.

–¡Dicen que es usted el ídolo de todas las mujeres de doce a setenta años! –dijo el camarero y añadió dirigiéndose a Ruzena–: ¡Todas las mujeres te van a arrancar los ojos de envidia!

Mientras se alejaba se volvió varias veces a mirar, sonriendo con impertinente familiaridad. Ruzena volvió a repetir:

–Jamás podría deshacerme de él. Y tú también estarás feliz de tenerlo, algún día. Yo no quiero nada de ti. Espero que no pienses que quiero algo de ti. Puedes estar completamente tranquilo. Es sólo cosa mía y, si no quieres, no tienes que ocuparte de nada.

No hay nada que excite más a un hombre que una de estas frases tranquilizadoras. Klima tuvo de pronto la sensación de que intentar salvar algo era una tarea superior a sus fuerzas y que era mejor rendirse. Permanecía en silencio y Ruzena también, de modo que las palabras que ella había pronunciado seguían creciendo en el silencio y el trompetista se sentía ante ellas cada vez más impotente y desdichado.

Pero luego apareció en su mente la imagen de su mujer. Supo que no podía rendirse. Por eso desplazó la mano por el mármol de la mesa hasta tocar los dedos de Ruzena. Los apretó y dijo:

–Olvida por un momento ese niño. El niño no es ni mucho menos lo principal. ¿Crees que nosotros dos no tenemos otra cosa que decirnos? ¿Crees que he venido a verte sólo por el crío?

Ruzena se encogió de hombros.

–Lo principal es que estaba triste sin ti. Nuestro encuentro fue tan breve. Pero no pasó un solo día sin que me acordase de ti.

Calló y Ruzena dijo:

–Estuviste dos meses sin llamarme y yo te escribí dos veces.

–No te enfades conmigo –dijo el trompetista–. Lo hice a propósito. No quería. Tenía miedo de lo que estaba pasando dentro de mí. No quería enamorarme. Quería escribirte una carta muy larga, incluso escribí una buena cantidad de hojas, pero al final las tire todas. Nunca me había enamorado así y estaba aterrorizado. Y por qué no reconocerlo. También quería hacer la prueba de si mis sentimientos no eran sólo producto de un encantamiento momentáneo. Me dije: si sigo otro mes tan enloquecido, es que lo que siento por ella no es una alucinación, sino la pura verdad.

Ruzena dijo en voz queda:

–Y ahora ¿qué piensas? ¿Es sólo una alucinación?

Al oír esta frase el trompetista comprendió que su plan empezaba a dar resultado. Por eso no soltaba la mano de la chica y hablaba y hablaba sin parar, cada vez con mayor facilidad: en ese momento, sentado frente a ella, comprende que es inútil someter sus sentimientos a otra prueba, porque todo está claro. Y del crío no quiere hablar porque para él lo importante es Ruzena y no su crío. Lo importante de ese hijo que no ha nacido es únicamente el haberlo traído a él ahora junto a Ruzena. Sí, ese hijo que está dentro de ella lo ha llamado, lo ha hecho venir al balneario y le ha hecho saber cuánto quiere a Ruzena y por eso (levantó la copa de coñac) brinda por ese crío.

Naturalmente que en seguida se asustó del horrible brindis al que le había conducido su entusiasmo verbal. Pero las palabras habían sido ya pronunciadas. Ruzena levantó la copa y susurró:

–Sí, por nuestro hijo –y bebió el coñac.

El trompetista trató de disimular el desafortunado brindis afirmando una vez más que la había recordado todos los días y a todas horas.

Ella dijo que en la capital el trompetista estaría rodeado de mujeres mucho más interesantes que ella.

Le respondió que estaba hasta las narices de tanta falta de naturalidad y tanto engreimiento. Prefiere a Ruzena, lo único que lamenta es que trabaje tan lejos de él. ¿No preferiría vivir en la ciudad?

Respondió que preferiría la ciudad. Pero no es fácil encontrar trabajo allí.

Sonrió condescendiente y dijo que en los hospitales de allí tenía a muchos amigos, de modo que no sería difícil encontrar un empleo para ella.

Siguió hablando así durante largo rato, estrechando su mano y ni siquiera se dio cuenta de que se había acercado a ellos una chiquilla desconocida. Sin preocuparse por interrumpirlos, dijo con entusiasmo:

–¡Usted es Klima! ¡En seguida le reconocí! ¡Lo único que quiero es que firme aquí!

Klima se ruborizó. Se dio cuenta de que tenía a Ruzena cogida de la mano y le estaba declarando su amor ante los ojos de todos los presentes. Le dio la impresión de estar sentado en el escenario de un anfiteatro y de que todo el mundo se había convertido en un público que observaba, divertido y con una sonrisa maligna, su lucha por la vida.

La chiquilla le dio una cuartilla y Klima tenía la intención de firmar lo más rápido posible, pero ni él ni la chiquilla llevaban pluma.

–¿Tienes una pluma? –le susurró a Ruzena, y en verdad fue un susurro, porque no quería que la chiquilla advirtiese que tuteaba a Ruzena.

Inmediatamente comprendió que el tuteo no era ni mucho menos tan íntimo como el tenerla cogida de la mano y por eso repitió su pregunta en voz más alta:

–¿Tienes una pluma?

Pero Ruzena negó con la cabeza y la chiquilla regresó a su mesa, donde estaban sentados varios chicos y chicas que inmediatamente aprovecharon su presencia y rodearon a Klima. Le dieron una pluma y arrancaron de un cuaderno de notas unas hojas que tuvo que firmar.

Desde el punto de vista del plan que había preparado, todo

iba bien. Cuanta más gente presenciase la intimidad de la escena más fácil sería que Ruzena creyese que era amada. Sólo que, a pesar de lo que decía la razón, la irracionalidad de la angustia arrastró al trompetista al pánico. Se le ocurrió pensar que Ruzena se había puesto de acuerdo con todos. Vio, en una imagen confusa, a toda aquella gente testificando en su contra en el juicio por la paternidad: *Sí, los hemos visto, estaban sentados uno frente al otro como dos amantes, él le acariciaba la mano y la miraba a los ojos con amor...*

La vanidad del trompetista aumentaba su angustia, no creía que Ruzena fuese lo bastante guapa como para poder permitirse cogerle de la mano. No era del todo justo con ella. Era mucho más bonita de lo que a él le parecía en ese momento. Del mismo modo en que el enamoramiento hace a la mujer de la que se está enamorado más hermosa, la angustia que produce una mujer a la que se teme hace que cada uno de sus rasgos imperfectos aparezca ampliado a un tamaño desproporcionado.

Por fin se fueron todos y Klima dijo:

–Este sitio no me gusta nada. ¿No quieres dar un paseo?

Ella tenía curiosidad por ver su coche y asintió. Klima pagó y salieron del bar. Enfrente había un parque con un caminillo ancho, sembrado de arena. Un grupo de unos diez hombres miraba al bar desde allí. Eran en su mayoría ancianos, todos llevaban cintas rojas en las mangas arrugadas del traje y todos llevaban unas largas pértigas.

Klima se quedó helado:

–¿Qué es eso?

Pero Ruzena dijo:

–No es nada. ¿Dónde tienes el coche? –y se lo llevó rápidamente de allí.

Pero Klima era incapaz de quitarles los ojos de encima. No podía entender para qué eran aquellas largas pértigas, al final de las cuales había un cable formando un lazo. Parecían encendedores de lámparas de gas, pescadores de peces voladores, miembros de la Defensa Civil equipados con armas secretas.

Al mirarlos le pareció que uno de ellos le sonreía. Eso le dio miedo, sintió miedo de sí mismo y se dijo que ya tenía alucinaciones y le parecía que todo el mundo le seguía y le observaba. Por eso se dejó llevar rápidamente por Ruzena hacia el aparcamiento.

9

–Me gustaría irme contigo lejos de aquí –dijo.

Con la mano derecha tenía cogida a Ruzena por el hombro y con la izquierda sostenía el volante.

–A algún sitio lejos hacia el sur. Atravesando las largas carreteras que bordean la costa. ¿Has estado en Italia?

–No.

–Entonces prométeme que vendrás conmigo.

–¿No exageras?

Ruzena lo había dicho sólo por modestia, pero el trompetista se asustó de que el *no exageras* de la chica tuviese que ver con toda su demagogia y que la hubiera descubierto en aquel momento. Pero ya no podía retroceder.

–Sí, exagero. Siempre tengo ocurrencias exageradas. Soy así. Pero a diferencia de otros, siempre hago realidad mis ocurrencias exageradas. Créeme que no hay nada más hermoso que realizar ocurrencias exageradas. Yo desearía que mi vida no fuese más que una ocurrencia exagerada. Desearía que ahora no volviésemos al balneario, que siguiésemos hacia delante, hasta llegar al mar. Allí encontraría trabajo en alguna orquesta e iríamos de playa en playa.

Detuvo el coche en un sitio desde donde había una hermosa vista de los alrededores. Bajaron. La invitó a dar un paseo por el parque. Al cabo de un rato de andar se sentaron en un banco de madera que quedaba de las épocas en que se viajaba menos en coche y se paseaba más por los bosques. Seguía con el brazo en el hombro de ella y de pronto le dijo con voz triste:

–Todo el mundo cree que mi vida es muy feliz. Se equivocan por completo. En realidad soy muy infeliz. No sólo estos últimos meses, hace ya muchos años.

Si las palabras del trompetista acerca del viaje a Italia le habían parecido exageradas (¡era tan poca la gente que en su país podía salir al extranjero!) y le habían producido cierta desconfianza, la tristeza que emanaban sus palabras exhalaba para ella un suave perfume. La olía como si fuera un asado de cerdo.

–¿Cómo es posible que tú no seas feliz?

–Cómo es posible que yo no sea feliz... –suspiró el trompetista.

–Eres famoso, tienes un coche precioso, tienes dinero, tienes una mujer guapa...

–Guapa probablemente sí... –dijo el trompetista con amargura.

–Ya sé –dijo Ruzena–. Ya no es joven. ¿Tiene la misma edad que tú, verdad?

El trompetista comprendió que Ruzena había debido informarse detalladamente sobre su mujer y sintió rabia. Pero siguió:

–Sí, tiene la misma edad que yo.

–Eso no tiene nada que ver. Tú no eres viejo. Pareces un chiquillo –dijo Ruzena.

–Pero los hombres necesitan a mujeres más jóvenes que ellos. Y los artistas más que nadie. Yo necesito juventud, tú no sabes cuánto me gusta tu juventud, Ruzena. A veces me parece que ya no voy a poder soportarlo más. Tengo un deseo furioso de liberarme. De empezar todo de nuevo y de otro modo. Ruzena, tu llamada de ayer... De pronto tuve la impresión de que era un mensaje que me enviaba el destino.

—¿De verdad? —dijo en voz baja.

—¿Y por qué crees que te volví a llamar en seguida? De pronto sentí que no debía seguir postergándolo. Que tenía que verte en seguida, en seguida, en seguida... —calló y la miró largamente a los ojos—: ¿Me quieres?

—Te quiero. ¿Y tú?

—Te quiero muchísimo —dijo él.

—Yo también.

Se inclinó hacia Ruzena y apoyó su boca en la de ella. Era una boca limpia, una boca joven con los labios blandos y bien delineados y los dientes limpios, todo estaba en perfecto orden dentro de ella y por eso dos meses antes se había sentido atraído por el deseo de besarla. Pero precisamente porque aquella boca le habia atraído, la había visto a través de la niebla del deseo, sin saber nada de su aspecto real: la lengua que había dentro de ella parecía una llama y la saliva, una bebida embriagadora. En cambio, la boca que no le atraía era de pronto una boca *real* (sólo una boca), es decir ese orificio afanoso por el que habían penetrado ya dentro de la chica cientos de kilos de patatas y de sopas, los dientes tenían sus pequeños empastes y la saliva no era una bebida embriagadora, sino la hermana gemela del escupitajo. La lengua de ella llenaba la boca del trompetista como un bocado desagradable que él no podía tragar ni debía escupir.

Finalmente terminó el beso, se levantaron y siguieron andando. Ruzena era casi feliz, pero se daba cuenta de que el motivo por el que había llamado al trompetista y le había hecho venir permanecía curiosamente intocado en su conversación. No tenía muchas ganas de hablar de eso. Al contrario, aquello de lo que hablaban ahora le parecía más agradable e importante. Pero quería que aquel motivo que había quedado apartado estuviera de algún modo presente, aunque de un modo discreto, modesto, poco llamativo. Por eso, cuando Klima, después de varias declaraciones de amor, dijo que iba a hacer todo lo posible por poder vivir con Ruzena, ella añadió:

–Eres muy amable, pero también tenemos que pensar en que ya no soy yo sola.

–Sí –dijo Klima, sabiendo que había llegado el momento que había estado temiendo todo el tiempo: el punto más débil de toda su demagogia–. Sí, tienes razón –dijo–. No eres tú sola, pero eso no es, ni mucho menos, lo más importante. Quiero estar contigo porque te quiero y no porque estés embarazada.

–Sí –suspiró Ruzena.

–No hay nada más lamentable que los matrimonios cuyo único motivo es un hijo concebido por error. Incluso, querida, si he de serte sincero, deseo que vuelvas a estar como antes. Que volvamos a estar los dos solos, sin que haya un tercero entre nosotros. ¿Me comprendes?

–Pero no, eso no puede ser, eso no puedo hacerlo, eso no podría hacerlo nunca –se defendía Ruzena.

No lo decía porque estuviera profundamente convencida. La seguridad definitiva que con respecto a su embarazo le había dado anteayer el doctor Skreta era algo tan reciente que aún no sabía qué hacer con ella. No seguía un plan previamente establecido, la conciencia del embarazo la llenaba y vivía aquello como un gran acontecimiento, y aún más, como una oportunidad y una ocasión que ya no volvería a repetirse tan fácilmente. Se sentía como un peón de ajedrez que acaba de llegar al final del tablero y se convierte en reina. Sentía con placer su inesperado e inédito poder. Sabía que bastaba que ella hablara para que las cosas se pusieran en movimiento, el famoso trompetista viene a verla desde la capital, la lleva en su magnífico coche, le declara su amor. No había duda de que entre el embarazo y aquel repentino poder existía alguna relación. Si no quería renunciar al poder, tampoco podía renunciar al embarazo.

Por eso el trompetista se veía obligado a seguir haciendo rodar su peñasco:

–Querida, yo no deseo una familia. Yo deseo amor. Tú eres para mí el amor y un hijo convierte a cualquier amor en familia. En aburrimiento. En preocupaciones. En un fastidio. Y a cualquier amante la convierte en madre. Tú para mí no eres una madre. Tú eres mi amante y yo no quiero repartirte con nadie. Ni siquiera con un hijo.

Eran palabras hermosas, a Ruzena le gustaba oírlas, pero seguía negando con la cabeza:

–No, no podría hacerlo. Se trata de tu hijo. Yo no podría deshacerme de un hijo tuyo.

Ya no se le ocurría ningún argumento nuevo, repetía permanentemente las mismas palabras y tenía miedo de que ella advirtiese su insinceridad.

–Tienes ya treinta años –dijo ella–. ¿Es que nunca has deseado tener un hijo?

Realmente nunca había deseado un hijo. Quería tanto a Kamila que un niño a su lado hubiera sido un obstáculo. No había sido una simple invención lo que le había dicho a Ruzena un momento antes. Eran exactamente las mismas frases que le decía desde hacía muchos años, sincera y francamente, a su mujer.

–Hace ya seis años que estás casado y no tenéis hijos. Me alegré tanto de poder darte un hijo.

Se daba cuenta de que todo se volvía contra él. Lo excepcional de su amor por Kamila es interpretado por Ruzena como esterilidad de Kamila, y eso hace que aumente su insolente atrevimiento. Empezaba a hacer fresco, el sol se aproximaba al horizonte, el tiempo huía y él seguía repitiendo una y otra vez lo que había dicho ya y ella repetía su *no, no, yo no podría.* Sintió que estaba en un callejón sin salida, no sabía cómo salir de allí y le dio la impresión de que lo perdería todo. Estaba tan nervioso que se olvidaba de cogerla de la mano, se olvidaba de besarla y poner ternura en la voz. Se asustó al advertirlo y procuró recuperarse. Se detuvo, le sonrió y la abrazó. Era el abrazo del cansancio. La apretaba contra su pecho, con su cabeza pegada a la cara de ella y de este modo, en realidad, se apoyaba, descansaba, respiraba, porque le daba la impresión de que había ante él un largo camino que ya no tenía fuerzas para recorrer.

Pero también Ruzena había llegado al límite de sus fuerzas. Ella tampoco tenía argumentos y sentía que no era posible seguir diciendo simplemente *no* al hombre que se quiere conquistar.

El abrazo duró mucho y, cuando Klima la soltó, agachó la cabeza y dijo con voz resignada:

–Entonces dime lo que tengo que hacer.

Klima no quería creer lo que acababa de oír. Llegó de pronto e inesperadamente y fue un enorme alivio. Tan enorme que tuvo que controlarse para que no se notase demasiado. Le acarició la cara y dijo que el doctor Skreta era buen amigo suyo y que bastaría con que Ruzena se presentase dentro de tres días ante la comisión. Irá con ella. No debe tener miedo de nada.

Ruzena no oponía resistencia y él volvió a tener ganas de continuar en su papel. La cogió del hombro, a cada rato se detenía y la besaba (la alegría era tan grande que el beso volvía a estar oculto tras el velo de la niebla). Repitió las frases acerca de que Ruzena debería ir a vivir a la capital. Incluso repitió la frase sobre el viaje al mar.

El sol se escondió entonces tras el horizonte, el bosque quedó en penumbras y por encima de la copa de los pinos salió una luna redonda. Fueron de regreso al coche. Al llegar a la carretera se encontraron bajo la luz de un reflector. Al principio les pareció que pasaba por allí un coche con las luces encendidas, pero después vieron que el reflector les seguía. Provenía de una moto que estaba aparcada al otro lado de la carretera; en la moto estaba sentado un hombre que les observaba.

–Vámonos en seguida, por favor –dijo Ruzena.

Cuando se acercaron al coche, el hombre que estaba sentado en la moto se levantó y fue hacia ellos. El trompetista no veía más que una silueta oscura, porque la moto lo iluminaba por detrás, mientras que al trompetista y a Ruzena los alumbraba de frente.

–¡Ven! –el hombre se abalanzó hacia Ruzena–. ¡Tengo que hablar contigo! ¡Tenemos cosas de que hablar! ¡Tenemos muchas cosas que decirnos! –gritaba excitado y confuso.

El trompetista también estaba excitado y confuso, y lo único que era capaz de sentir era una especie de enfado por aquel comportamiento que no le parecía del todo correcto:

–La señorita está conmigo y no con usted –dijo.

–¡A usted también tengo algo que decirle, sabe! –le gritó el desconocido al trompetista–. ¡Usted cree que porque es famoso puede permitirse cualquier cosa! ¡Usted cree que puede atontarla! ¡Que le puede dejar la cabeza hecha un lío! ¡Para usted es muy sencillo! ¡Yo también podría hacerlo si estuviese en su lugar!

Ruzena aprovechó el momento en que el de la moto se dirigió al trompetista y se metió dentro del coche. El motociclista se abalanzó hacia el coche. Pero la ventanilla estaba cerrada y la chica apretó el botón de la radio. Dentro del coche resonó la música a todo volumen. Luego se metió también el trompetista en el coche y cerró la puerta. El coche estaba repleto de música a todo volumen. A través del cristal sólo veía la silueta del hombre que gritaba y sus brazos gesticulantes.

–Es un loco que me persigue continuamente –dijo Ruzena–. Por favor, ¡vámonos rápido de aquí!

10

Aparcó el coche, llevó a Ruzena hasta el Edificio Marx, la besó y, cuando ella desapareció tras la puerta, sintió un cansancio como si hubiera pasado cuatro noches en vela. Ya era de noche, bastante tarde, y le pareció que no tenía fuerzas como para sentarse al volante y conducir. Tenía ganas de oír las palabras tranquilizadoras de Bertlef y cruzó el parque hasta el Richmond.

Al llegar a la puerta se fijó en un gran cartel sobre el cual caía la luz de una farola. En grandes letras dibujadas con mano inexperta estaba escrito su nombre y, debajo, en letras más pequeñas, el nombre de Skreta y el del farmacéutico. El cartel estaba hecho a mano y acompañado además por un ingenuo dibujo de una trompeta dorada.

La rapidez con la que el doctor Skreta había organizado la publicidad del concierto le pareció al trompetista una buena señal, porque le daba la impresión de ser una prueba de su fiabilidad. Subió por la escalera y llamó a la puerta de Bertlef.

No hubo respuesta.

Volvió a llamar y se repitió el silencio.

Antes de que tuviera tiempo de pensar en si su visita era inoportuna (el norteamericano era célebre por sus numerosas relaciones con las mujeres) su mano había empuñado ya el picaporte. La puerta no estaba cerrada. El trompetista entró en la habitación y se quedó de piedra. No veía nada. No veía nada más que un resplandor que provenía de un rincón de la habitación. Era un resplandor particular; no se parecía ni a la luz blanca de un tubo fluorescente, ni a la luz amarilla de una bombilla. Era una luz azulada y llenaba toda la habitación.

Pero en ese momento el pensamiento, que iba con retraso, dio alcance a la atolondrada mano del trompetista y le indicó que había cometido una indiscreción al penetrar a una hora tan avanzada, sin avisar, e incluso sin haber sido autorizado, en una habitación ajena. Se asustó de su atrevimiento, volvió al pasillo y cerró rápidamente la puerta.

Pero estaba tan confundido que no se fue, sino que se quedó junto a la puerta, tratando de entender aquella extraña luz. Se le ocurrió que el norteamericano podía estar desnudo en la habitación exponiéndose a la luz de una lámpara de rayos ultravioletas. Pero de pronto se abrió la puerta y apareció Bertlef. No estaba desnudo, llevaba el mismo traje de la mañana. Le sonrió al trompetista.

–Estoy muy contento de que haya vuelto por aquí. Pase.

El trompetista entró con curiosidad en la habitación, pero la habitación estaba iluminada por una lámpara corriente que colgaba del techo.

–Temo haberle interrumpido –dijo el trompetista.

–Qué va –respondió Bertlef y señaló hacia la ventana de la que el trompetista había visto que provenía la fuente de luz azulada–. Estaba pensando. Nada más.

–Al entrar, disculpe que me haya metido aquí de ese modo, vi un resplandor muy particular.

–¿Un resplandor? –Bertlef se echó a reír–. No debe tomarse ese embarazo tan a pecho. Le produce alucinaciones.

–Puede que haya sido porque venía de un pasillo oscuro.

–Es posible –dijo Bertlef–. ¡Pero cuénteme cómo salió todo!

El trompetista empezó a hablar y Bertlef, al cabo de un rato, le interrumpió:

–¿No tiene hambre?

El trompetista asintió y Bertlef sacó del armario un paquete de galletas y una lata de jamón en conserva, que abrió inmediatamente.

Y Klima siguió con su relato, comió con avidez la cena y miró interrogativamente a Bertlef.

–Pienso que todo saldrá bien –le tranquilizó.

–¿Y quién cree que habrá sido ese hombre que nos esperaba junto al coche? –preguntó Klima.

Bertlef se encogió de hombros.

–No lo sé. De todos modos ahora ya no tiene ninguna importancia.

–Es verdad. Ahora tengo que pensar en cómo explicarle a Kamila que la conferencia ha durado tanto tiempo.

Era ya muy tarde. Reconfortado y tranquilizado, el trompetista cogió el coche y se dirigió a la capital. Una gran luna redonda le alumbraba el camino.

Día tercero

1

Es miércoles por la mañana y el balneario ha vuelto a despertar a la vida activa. Los chorros de agua borbotean en las bañeras, los masajistas se apoyan en las espaldas desnudas y al aparcamiento acaba de llegar un coche. No se trata del lujoso automóvil que aparcó ayer en el mismo sitio, sino de un vehículo corriente, como el que tiene la mayoría de la gente en este país. Al volante iba un hombre de unos cuarenta y cinco años y estaba solo. Los asientos traseros iban cargados con unas cuantas maletas.

El hombre bailó, cerró el coche, le dio una moneda de cinco coronas al vigilante del aparcamiento y se dirigió al Edificio Marx; cruzó los pasillos hasta llegar a la puerta en la que estaba escrito el nombre del doctor Skreta. Entró en la sala de espera y llamó a la puerta del consultorio. Se asomó una enfermera, el hombre le dijo su nombre y al cabo de un momento salió el doctor Skreta:

–¡Jakub! ¿Cuándo has llegado?

–¡Ahora mismo!

–¡Estupendo! ¡Tenemos que hablar de tantas cosas!... ¿Sabes lo que haremos...? –dijo después de pensarlo un poco–. Ahora no puedo salir. Ven conmigo a la consulta. Te prestaré una bata.

Jakub no era médico y hasta entonces nunca había entrado en una consulta ginecológica. Pero el doctor Skreta le cogió del brazo y lo condujo a una habitación pintada de blanco en la que una mujer con las piernas abiertas estaba tendida en la mesa de exploraciones.

–Déjele una bata al doctor –le dijo Skreta a la enfermera, que abrió un armario y le dio a Jakub un hábito blanco de médico–. Ven a ver. Me gustaría que confirmases mi diagnóstico –dijo invitando a Jakub a acercarse a la mujer, que estaba evidentemente encantada de que el secreto de sus ovarios, de los que hasta entonces, pese a todos sus esfuerzos, no había nacido ningún descendiente, fuera examinado por dos eminencias.

El doctor Skreta volvió a palpar las vísceras de la paciente, pronunció unas cuantas palabras latinas a las que Jakub respondió asintiendo con un gruñido y luego le preguntó:

–¿Cuánto tiempo vas a estar?

–Un día.

–¿Un día? Eso es muy poco, ¡no tendremos tiempo de hablar de nada!

–Cuando me toca ahí, duele –dijo la mujer que tenía las piernas levantadas.

–Tiene que doler un poco, eso no es nada –dijo Jakub para divertir a su amigo.

–Sí, el doctor tiene razón –dijo Skreta–, no es nada. Está muy bien. Le recetaré un tratamiento de inyecciones. Tendrá que venir a ver a la enfermera todos los días a la seis de la mañana. Ya puede vestirse.

–En realidad he venido a despedirme de ti –dijo Jakub.

–¿Cómo que a despedirte?

–Me voy del país. Me han dado el permiso de emigración.

Mientras tanto la mujer se había vestido y se despidió del doctor Skreta y su colega.

–¡Vaya novedad! ¡Eso no me lo esperaba! –se asombró el doctor Skreta–. Voy a mandar a estas tías a su casa ya que has venido a despedirte.

–Doctor –la enfermera intervino en la conversación–, ya las

mandó a casa ayer. ¡Tendremos mucho trabajo para el fin de semana!

–Entonces haga pasar a otra –dijo el doctor Skreta y suspiró.

La enfermera llamó a otra paciente, a la que los dos hombres examinaron con mirada distraída, registrando que era más guapa que la anterior. El doctor Skreta le preguntó cómo se sentía después de los baños y luego le indicó que se desnudara.

–Tardaron muchísimo en darme el pasaporte, pero en dos días estuve listo para partir. Ni siquiera tuve ganas de despedirme de nadie.

–Entonces, estoy aún más contento de que hayas pasado por aquí –dijo el doctor Skreta e invitó a la joven a subir a la mesa de exploraciones.

Después se puso un guante de goma y metió la mano en las entrañas de la paciente.

–Sólo quería veros a ti y a Olga –dijo Jakub–. Espero que esté bien.

–No te preocupes –dijo Skreta, pero se notaba en su voz que no sabía lo que le estaba diciendo Jakub. Se había concentrado por completo en la paciente–. Vamos a tener que hacer una pequeña intervención –afirmó–. No tenga miedo, no le va a doler absolutamente nada.

Fue entonces hacia un armario acristalado y sacó un jeringa que, en lugar de aguja, sólo tenía una pequeña prolongación de plástico.

–¿Qué es eso? –le preguntó Jakub.

–A lo largo de todos estos años he descubierto algunos métodos nuevos muy efectivos. Puedes considerarlo una actitud egoísta por mi parte, pero por ahora lo mantengo en secreto.

–¿No debo temer nada? –preguntó en tono más coqueto que temeroso la mujer que tenía las piernas separadas.

–Ni un poco –respondió el doctor Skreta e introdujo la jeringa en una probeta que manejaba con escrupulosa precisión.

Luego se acercó a la mujer, introdujo la jeringa entre las piernas y oprimió el émbolo–. ¿Dolió?

–No –dijo.

–También he venido a devolverte la tableta –dijo Jakub.

Pero el doctor Skreta no prestó demasiada atención a su frase. Seguía concentrado en la paciente. La examinó de pies a cabeza con un gesto serio y pensativo, y dijo:

–En su caso hubiera sido realmente una lástima no tener hijos. Tiene unas piernas largas muy bonitas, una pelvis bien hecha, un tórax bonito y los rasgos de la cara muy agradables.

Después tocó la cara de la paciente, le palpó la barbilla y dijo:

–Una buena mandíbula, todo está muy bien modelado.

Después le apretó el muslo:

–Y tiene unos huesos magníficos, firmes. Como si brillaran por debajo de sus músculos.

Estuvo un rato más admirando a la paciente, palpándole el cuerpo sin que ella protestara ni sonriera con coquetería, porque la seriedad del interés del doctor desplazaba sus toqueteos más allá de la frontera de cualquier tipo de inmoralidad.

Por fin le indicó que se vistiera y se dirigió a su amigo:

–¿Qué decías?

–Que he venido a devolverte la tableta.

–¿Qué tableta?

La mujer se vistió y dijo:

–Entonces cree, doctor, que puedo tener esperanzas.

–Estoy muy contento –dijo el doctor Skreta–. Creo que las cosas marchan bien y que ambos, usted y yo, tendremos éxito.

La mujer le dio las gracias, salió del consultorio y Jakub dijo:

–Una vez me diste una tableta que nadie quería darme. Ahora que me voy, creo que ya no voy a necesitarla nunca y que debería devolvértela.

–Quédatela. Una píldora como ésa puede tener la misma utilidad aquí que en cualquier otra parte.

–No, no. Esa tableta pertenece a este país. Quiero dejar en este país todo lo que es de su propiedad –dijo Jakub.

–Doctor, hago pasar a otra paciente –dijo la enfermera.

–Mándelas a todas a casa –dijo Skreta–. Hoy ya he hecho un buen trabajo. Esta última seguro que tendrá un hijo, ya verá. Es bastante para un día, ¿no?

La enfermera miró amorosamente al doctor Skreta, pero sin ánimo de obedecerle.

El doctor Skreta comprendió el sentido de la mirada.

–Está bien, no las mande a ninguna parte y dígales que vuelvo dentro de media hora.

–Doctor, ayer también se fue por media hora y tuve que ir a perseguirle por la calle.

–No se preocupe, en media hora estaré de vuelta –dijo Skreta e invitó a su amigo a quitarse la bata. Luego salió con él del edificio y le condujo a través del parque hasta el Richmond.

2

Subieron al segundo piso y luego fueron por una larga alfombra roja hasta el final del pasillo. Allí el doctor Skreta abrió una puerta y entró con su amigo en una habitación pequeña pero agradable.

–Eres muy amable –dijo Jakub–, siempre encuentras aquí una habitación para mí.

–Al final de este corredor tengo ahora las habitaciones para mis pacientes recomendados. Al lado de tu habitación hay un apartamento precioso que hace esquina, en el que vivían en otros tiempos ministros y dueños de fábricas. Ahí he colocado a mi paciente más especial, un americano rico cuya familia es originaria de aquí. Tenemos cierta amistad.

–¿Y dónde vive Olga?

–En el Edificio Marx, como yo. No está mal, no te preocupes.

–Lo principal es que te hayas hecho cargo de ella. ¿Qué tal va?

–Los problemas habituales de las mujeres con nervios frágiles.

–Ya te escribí sobre la vida que ha tenido.

–La mayoría de las mujeres viene a este balneario a que le procuremos la fertilidad. En el caso de tu protegida sería mejor que no estuviera demasiado sobrada de fertilidad. ¿La has visto desnuda?

–Por Dios, no –dijo Jakub.

–¡Pues deberías verla! Tiene los pechitos pequeñitos y le cuelgan como dos ciruelas. Se le ven todas las costillas. La próxima vez fíjate mejor en las cajas torácicas. Un buen tórax tiene que ser agresivo, salir hacia afuera, expandirse como si quisiera tragarse la mayor cantidad de espacio posible. Hay cajas torácicas, en cambio, que están a la defensiva, que retroceden ante el mundo y son como una camisa de fuerza que oprime cada vez más a la persona hasta que la ahoga por completo. El de ella es así. Dile que te lo enseñe.

–No se lo pienso decir –dijo Jakub.

–Tienes miedo de que, si se lo vieses, ya no la siguieras considerando tu protegida.

–Al contrario –dijo Jakub–, tengo miedo de tenerle aún más lástima.

–Oye –dijo Skreta–, ese americano es un hombre muy interesante.

Jakub preguntó:

–¿Dónde puedo encontrarla?

–¿A quién?

–A Olga.

–Ahora no podrás verla. Está en las curas. Tiene que estar toda la mañana en la piscina.

–No quisiera que se me despistara, ¿no se la puede llamar por teléfono?

Skreta levantó el auricular, marcó un número y mientras tanto siguió hablando con su amigo:

–Te lo voy a presentar y tú tendrás que estudiarlo. Eres un sicólogo excelente. Tú me podrás decir cómo es. Tengo algunos planes relacionados con él.

–¿Qué planes? –preguntó Jakub.

Pero el doctor Skreta ya estaba hablando por teléfono:

–¿Es la enfermera Ruzena? ¿Qué tal está?... Por eso no se preocupe, esos malestares son normales en su estado. Quería preguntarle si no está ahí en la piscina mi paciente, esa que vive junto a usted... ¿Sí? Entonces dígale que tiene aquí una visita de la capital, que no vaya a ninguna parte... Sí, que la esperará a las doce delante de la Casa de Baños.

Skreta colgó el aparato.

–Ya has oído. A mediodía la verás. ¿De qué coño estábamos hablando?

–De ese americano.

–Ah –dijo Skreta–. Es un tío muy interesante. Le curé a la mujer. No podían tener hijos.

–¿Y de qué se cura él aquí?

–Del corazón.

–Dijiste que tenías algunos planes relacionados con él.

–¡Es humillante –se enfadó Skreta– lo que tiene que hacer un médico en este país para vivir decentemente! Mañana llega el famoso trompetista Klima. ¡Tengo que acompañarle a la batería!

Jakub no se tomaba en serio lo que había dicho Skreta, no obstante fingió asombro:

–¿Cómo es eso? ¿Tocas la batería?

–¡Sí, hombre, sí! ¡Qué puedo hacer si voy a ser padre!

–¿Qué? –se asombró Jakub, esta vez de verdad–. ¿Padre? ¿No te habrás casado?

–Pues sí –dijo Skreta.

–¿Con Mimí?

Mimí era una médica del balneario con la que el doctor Skreta salía desde hacía años, pero hasta ahora siempre había logrado huir de la boda en el último momento.

–Sí, con Mimí –dijo Skreta–. Ya sabes que subía con ella todos los domingos al mirador.

–Así que te has casado –dijo Jakub con nostalgia.

–Cada vez que subíamos –continuó Skreta–, Mimí trataba de convencerme de que nos casáramos. Y yo estaba tan destrozado por la subida que me sentía viejo y me parecía que no me quedaba más remedio que casarme. Pero al final siempre me contenía y, cuando volvíamos ya del mirador, cuesta abajo, recuperaba la vitalidad y me negaba a casarme. Sólo que una vez Mimí me llevó dando un rodeo y el camino de subida duró tanto que acepté casarme mucho antes de llegar a la cima. Y ahora vamos a tener un hijo y tengo que pensar un poco en el dinero. Ese americano también pinta cuadros religiosos. Se les podría sacar un montón de dinero. ¿Qué te parece?

–¿Tú crees que los cuadros religiosos se venden bien?

–¡Estupendamente! ¡Si ponemos un puesto junto a la iglesia los días de peregrinación y los vendemos a cien coronas, nos hacemos ricos! Yo los vendería y le daría a él la mitad.

–Y él ¿qué dice?

–Ése tiene tanta pasta que no sabe qué hacer con ella y no hay manera de convencerle para hacer ningún negocio –dijo Skreta y soltó un taco.

3

Olga vio perfectamente que desde la orilla de la piscina le hacía señas la enfermera Ruzena, pero siguió nadando e hizo como que no la veía.

Aquellas dos mujeres no se tenían simpatía. El doctor Skreta alojó a Olga en una pequeña habitación al lado de la de Ruzena. Ruzena tenía la costumbre de poner la radio y Olga tenía ganas de estar en silencio. En varias ocasiones golpeó en la pared y la enfermera respondió aumentando aún más el volumen de la radio.

Ruzena estuvo haciendo señales con perseverancia hasta que por fin logró darle a la paciente el recado de que a las doce la esperaría una visita de la capital.

Olga pensó en seguida que sería Jakub y sintió una enorme alegría. Y de inmediato se extrañó por aquella alegría: ¿Cómo es posible que sienta semejante alegría cuando me entero de que ha llegado?

Y es que Olga era una de esas mujeres modernas a las que les gusta escindirse en un ser que vive y un ser que observa.

Pero también la Olga observadora se alegraba. Se daba perfecta cuenta de que era absolutamente desmedido que la Olga que vive sintiera tan salvaje alegría y, dado que era malvada, aquella desmesura le producía placer. Le divertía pensar hasta qué punto se asustaría Jakub si se enterase de la vehemencia de su alegría.

La manecilla del reloj que colgaba encima de la piscina señalaba las doce menos cuarto. Olga pensaba en la cara que pondría Jakub si ella se abrazase a su cuello y le diera un beso de amor. Después nadó hasta la orilla de la piscina, salió del agua y fue a vestirse a la cabina. Le fastidiaba un poco no haberse enterado de su llegada por la mañana. Se hubiera vestido mejor. Ahora sólo llevaba puesto un vestido gris, sin ningún encanto, que le quitaba el buen humor.

Algunas veces, como por ejemplo hace un momento, cuando nadaba en la piscina, se olvidaba por completo de su aspecto. Pero ahora estaba ante un pequeño espejo en la cabina y se veía con el vestido gris. No hacía más que algunos minutos que se había reído con malicia de la idea de abrazarse al cuello de Jakub y besarlo apasionadamente. Pero aquello se le había ocurrido en la piscina, donde nadaba sin cuerpo, como si sólo fuera una mente en libertad. Ahora, provista repentinamente de cuerpo y vestido, se hallaba inmensamente lejos de aquella alegre idea y sabía que era exactamente igual, y eso la cabreaba, a como siempre la veía Jakub: una muchachita necesitada de ayuda.

Si Olga hubiera sido sólo un poco más tonta, es posible que se hubiera creído bastante guapa. Pero, como era lista, se veía mucho más fea de lo que en realidad era porque, a decir verdad, no era ni guapa ni fea, y a cualquier hombre con unas exigencias estéticas normales le hubiera gustado pasar la noche con ella.

Como a Olga le gustaba escindirse, la que observaba volvía a silenciar ahora a la que vivía: ¿Qué importa que tenga tal o cual aspecto? ¿Por qué se tortura mirándose al espejo? ¿Es que realmente no es más que un objeto a disposición de los ojos de los hombres? ¿Sólo una mercancía que se lleva a sí misma al mercado? ¿Es que no sabe ser independiente de su aspecto, al menos tan independiente como cualquier hombre?

Salió del edificio y vio la cara de él, bondadosa y enternecida. Sabía que en lugar de darle la mano le acariciaría los cabellos como a una hija pequeña que ha sido buena. Naturalmente, eso fue lo que hizo.

—¿Adónde iremos a comer? —preguntó él.

Le propuso comer en el comedor de los pacientes, en su mesa había un sitio libre.

El comedor era una sala enorme, repleta de mesas y personas comiendo. Jakub y Olga se sentaron y esperaron largo rato a que la camarera les sirviese la sopa en los platos hondos. En su mesa había otras dos personas que intentaron entablar conversación con Jakub, a quien inmediatamente supusieron miembro de la sociable familia de los pacientes. De modo que sólo a ratos, en medio de la conversación, podría Jakub preguntarle a Olga por algunas cuestiones prácticas: si estaba contenta con la comida, si estaba contenta con el médico, si estaba contenta con el tratamiento. Cuando preguntó por el alojamiento, ella le dijo que tenía una vecina espantosa. Con un movimiento de cabeza señaló hacia una de las mesas próximas donde almorzaba Ruzena.

Después los compañeros de mesa se despidieron y se marcharon y Jakub dijo mirando a Ruzena:

–Hegel tiene una reflexión interesante sobre el denominado perfil griego, cuya belleza consiste, según él, en que la nariz guarda la misma línea que la frente, con lo cual se acentúa la parte superior de la cabeza, que es donde residen la razón y el alma. Al mirar a tu vecina compruebo que en su caso todo el rostro se centra, en cambio, en la boca. ¡Fíjate con qué empeño mastica y al mismo tiempo habla en voz alta! La acentuación de la parte inferior, la parte animal del rostro, le disgustaría a Hegel y sin embargo esa chica, aunque me resulta antipática por algún motivo, es bastante guapa.

–¿Te parece? –dijo Olga con voz de disgusto.

Por eso Jakub en seguida dijo:

–Pero me daría miedo que esa boca me pudiera masticar –y añadió–: Contigo Hegel estaría más contento. La dominante de tu cara está en la frente, que informa inmediatamente a todo el mundo de tu inteligencia.

–Estas historias me cabrean muchísimo –dijo Olga bruscamente–. Lo que vienen a decir es que la fisionomía de una persona es la huella de su alma. Eso no tiene ningún sentido. Yo me imagino mi alma con una barbilla grande y unos labios sensuales, y en cambio tengo la barbilla pequeña y la boca también pequeña. Si nunca me viese en el espejo y tuviera que describir mi aspecto externo de acuerdo con lo que conozco de mi interior, ¡no se asemejaría nada a lo que parezco! ¡Soy una persona completamente distinta a lo que parezco!

4

Es difícil encontrar una palabra que defina la relación de Jakub con Olga. Era hija de un amigo suyo al que ajusticiaron cuando ella tenía siete años. Jakub decidió entonces que se ocuparía de la huerfanita. Él no tenía hijos y le atraía la idea de establecer una especie de paternidad informal. La llamaba, en broma, su protegida.

Ahora estaban sentados en la pequeña habitación de Olga. Ella encendió el calentador, puso a calentar un cazo con agua y Jakub se dio cuenta de que no era capaz de confesarle el motivo de su visita. Cada vez que iba a decirle que había venido a despedirse de ella, le daba miedo que la noticia sonase demasiado patética y se crease entre ellos una atmósfera sentimental inadecuada. Hacía tiempo que sospechaba que ella le amaba en secreto.

Olga sacó del armario dos tazas, echó en ellas café molido y vertió agua hirviendo. Jakub le añadió un azucarillo y oyó que Olga le decía:

–Dime, Jakub, ¿cómo era en realidad mi padre?

–¿Por qué?

–¿Es verdad que no había hecho nada malo?

–Pero ¿cómo se te ocurre pensar eso? –se extrañó Jakub.

El padre de Olga había sido públicamente rehabilitado hacía algún tiempo y su ejecución declarada injusta. Nadie dudaba de su inocencia.

–No me refería a eso –dijo Olga–. Pensaba en lo contrario.

–No te entiendo –dijo Jakub.

–He estado pensando en si no le hizo a algún otro precisamente lo mismo que le hicieron a él. Los que lo llevaron a la horca eran exactamente iguales a él. Tenían la misma fe, eran igual de fanáticos. Estaban convencidos de que cualquier opinión que se desviase mínimamente de la suya ponía la revolución en peligro mortal, y sospechaban de todo el mundo. Lo enviaron a la muerte en nombre de los mismos principios sagrados que él defendía. ¿Por qué no iba a ser capaz de comportarse él con otros como ellos se comportaron con él?

–El tiempo vuela y el pasado es cada vez más incomprensible –dijo Jakub dubitativo–. ¿Qué sabes de tu padre además de un par de cartas y un par de hojas de su diario que te devolvieron por compasión y unos cuantos recuerdos de sus amigos?

–¿Por qué no quieres contestarme? –insistió Olga–. Mi pregunta estaba perfectamente clara. ¿Era mi padre igual a los que lo enviaron a la muerte?

–Probablemente sí –Jakub se encogió de hombros.

–Y, entonces, ¿por qué no pudo haber cometido las mismas atrocidades?

–Teóricamente –respondió Jakub muy lentamente–, teóricamente pudo haber hecho a otros exactamente lo mismo que ellos le hicieron. No hay en todo el mundo una persona que no sea capaz de enviar a su prójimo a la muerte sin demasiados problemas de conciencia. Al menos yo no he encontrado a nadie así. Si alguna vez la gente cambia en este sentido, se perderá la más esencial de las características humanas. Ya no serían hombres, sino seres de otro tipo.

–¡Sois fabulosos! –exclamó Olga, refiriéndose en plural a miles de Jakub–. Convertís a todo el mundo en asesinos y así vuestros propios asesinatos dejan de ser crímenes y se convierten simplemente en un rasgo imprescindible del género humano.

–La mayoría de la gente se mueve en un círculo idílico entre el hogar y el trabajo –dijo Jakub–. Viven en un territorio seguro fuera del bien y el mal. La visión de un hombre que asesina les horroriza sinceramente. Pero basta con que les saquen de ese territorio tranquilo para que se conviertan en asesinos sin darse cuenta. Hay pruebas y tentaciones que sólo se producen de vez en cuando en el transcurso de la historia. Pero nadie logra resistir. Y no tiene ningún sentido hablar de eso. Para ti, lo importante no es saber lo que tu padre era teóricamente capaz de hacer, porque eso no se puede demostrar. Lo que debería interesarte es lo que hizo o lo que dejó de hacer. Y en este sentido tenía la conciencia limpia.

–¿Estás completamente seguro?

–Completamente. Nadie sabe de él más que yo.

–Me encanta oírtelo decir –dijo Olga–. Las preguntas que te hice no se me ocurrieron porque sí. Hace ya bastante tiempo que recibo cartas anónimas. Me escriben que es mejor que no haga de hija de mártir, porque mi padre, antes de que le ajusticiaran, había mandado a la cárcel a muchos inocentes cuya única culpa fue la de que sus opiniones eran distintas a las de él.

–Tonterías –dijo Jakub.

–En esas cartas me lo describen como un fanático furioso y un hombre cruel. Las cartas son anónimas y están llenas de maldad, pero no están escritas por un bruto. Se expresan sin exagerar, con concreción y precisión, de modo que casi he llegado a creer en lo que dicen.

–Sigue siendo la misma venganza –dijo Jakub–. Te diré algo. Cuando detuvieron a tu padre, las cárceles estaban llenas de personas que habían sido enviadas a prisión por la revolución durante la primera etapa. Los presos reconocieron en él a un conocido político comunista, se lanzaron sobre él a la primera oportunidad y le golpearon hasta dejarle inconsciente. Los guardias se quedaron mirando con una sonrisa maligna.

–Ya lo sé –dijo Olga y Jakub se dio cuenta de que le estaba diciendo algo que ella había oído ya muchas veces.

Hacía mucho tiempo que había tomado la decisión de no volver a hablar de aquellas cosas, pero no era capaz. Cuando una persona ha sufrido un accidente de coche, es inútil que se niegue a acordarse de él.

–Ya lo sé –repitió Olga–, pero a mí no me extraña que hayan hecho eso. Los encarcelaron sin juicio previo, frecuentemente sin el menor motivo. Y de pronto se encontraban frente a frente con uno de los que consideraban responsables de aquello.

–En el momento en que tu padre se puso el traje de presidiario, era uno de ellos. No tenía sentido alguno hacerle daño, y menos aún ante los ojos satisfechos de los guardianes. No fue más que una cobarde venganza. El más bajo deseo de pisotear a una víctima indefensa. Y las cartas que recibes son fruto de esa misma venganza que, por lo que veo, es más fuerte que el tiempo.

–¡Pero Jakub! ¡Si fueron cientos de miles los encarcelados! ¡Miles de personas que no volvieron! ¡Y no se castigó ni a uno solo de los culpables! ¡Si el deseo de venganza no es más que ansia de justicia insatisfecha!

–Vengarse del padre en la hija no tiene nada que ver con la justicia. Recuerda que por culpa de tu padre perdiste tu hogar, tuviste que irte de la ciudad, no te dejaron estudiar. ¡Por culpa de tu padre muerto al que casi no conocías! ¿Y ahora, por culpa de tu padre, te tienen que perseguir estos otros? Te diré cuál es el descubrimiento más triste que he hecho en mi vida: las víctimas no eran en nada mejores que los victimarios. Me los puedo imaginar perfectamente con los roles cambiados. Tú puedes pensar que es una excusa del hombre para quitarse la responsabilidad de encima y cargársela al Creador por haberlo hecho tal como es. Y puede que sea bueno que lo pienses. Porque llegar a la conclusión de que no hay diferencia entre el culpable y la víctima significa *abandonar toda esperanza.* Y a eso se le llama *infierno,* hijita.

5

Las dos compañeras estaban impacientes por enterarse del resultado de la cita de Ruzena la noche anterior, pero ese día estaban de servicio al otro extremo del balneario y hasta las tres no tuvieron ocasión de ver a su amiga y asediarla a preguntas.

Ruzena tardó en responder y por fin dijo dubitativa:

–Ha dicho que me quiere y que quiere casarse conmigo.

–¿Ves? ¡Te lo decía! –dijo la delgada–. ¿Y se va a divorciar?

–Dijo que sí.

–No le queda más remedio –dijo alegre la cuarentona–. Un hijo es un hijo. Y su mujer no tiene hijos.

Ahora Ruzena tenía que decirlo.

–Dijo que me llevará a Praga. Me buscará un trabajo. Me dijo que iríamos a Italia de vacaciones. Pero no quiere empezar en seguida con un crío. Y tiene razón. Los primeros años son los más bonitos y, si tuviéramos hijos, no les sacaríamos provecho.

La cuarentona se quedó paralizada.

–¿Qué dices, quieres deshacerte de él?

Ruzena asintió.

–¡Te has vuelto loca! –le gritó la delgada.

–Te ha tomado el pelo –dijo la cuarentona–. En cuanto te deshagas de eso, se olvida de ti.

–¿Por qué se iba a olvidar?

–Te apuesto lo que quieras –dijo la delgada.

–¿Por qué se iba a olvidar, si me quiere?

–¿Y cómo sabes que te quiere? –dijo la cuarentona.

–Me lo dijo él.

–¿Y por qué no dio señales de vida durante dos meses?

–Tenía miedo de enamorarse –dijo Ruzena.

–¿Qué?

–¿Cómo te lo tengo que explicar? Tenía miedo de haberse enamorado de mí.

–¿Y por eso no llamaba?

–Quería probar si podía olvidarme. Es comprensible, ¿no?

–Ah –siguió la cuarentona–. Y cuando se enteró de que te había dejado preñada, de pronto comprendió que no podía olvidarte.

–Me dijo que estaba contento de que estuviese en estado. Pero no por el crío, sino por haberle llamado. Así se dio cuenta de que me quería.

–Dios mío, ¡qué idiota eres! –dijo la delgada.

–No sé por qué tengo que ser idiota.

–Porque el crío es lo único que tienes –dijo la cuarentona–. Si dejas que te quiten al crío, te quedarás sin nada y él te dejará tirada.

–¡Yo quiero que me quiera por mí y no por el crío!

–¿Por quién te tomas? ¿Qué motivo tendría para quererte por ti misma?

Estuvieron hablando acaloradamente durante mucho tiempo y las dos mujeres no dejaban de repetirle a Ruzena que el crío era su único triunfo y que no podía renunciar a él.

–Yo no me desharía nunca de un crío. Qué va. Nunca, me oyes, nunca –decía la delgada.

Ruzena se sentía de pronto como una niña pequeña y dijo (era la misma frase con la que le había devuelto el día anterior las ganas de vivir a Klima):

–Entonces, ¡decidme lo que tengo que hacer!

–Seguir en tus trece –dijo la cuarentona, y después abrió un cajón del armario y sacó un tubo con tabletas–: Toma, ¡coge esto! Estás muy nerviosa. Esto te tranquilizará.

Ruzena se llevó una tableta a la boca y la tragó.

–Y quédate con el tubo. Pone tres veces al día, pero no las tomes más que cuando necesites tranquilizarte. Para que no hagas ninguna tontería por culpa de los nervios. No te olvides de que es un hombre con experiencia. ¡Ése sí que sabe lo que es la vida! ¡Pero esta vez no se librará con tanta facilidad!

Ya estaba otra vez sin saber qué hacer. No hacía más que un momento pensaba que había tomado ya una decisión, pero los argumentos de sus compañeras eran convincentes y volvieron a hacerla dudar. Bajó desmoralizada la escalera de la Casa de Baños.

En el vestíbulo se abalanzó hacia ella un joven excitado con la cara roja.

Ella puso mala cara:

–Ya te he dicho que aquí no me puedes esperar. Y después de lo de anoche no puedo entender cómo te atreves.

–¡Por favor, no te enfades conmigo! –grito el joven con desesperación.

–Sssss –le hizo callar–. Sólo faltaba que me hicieras escenas *aquí* –dijo y se dispuso a marcharse.

–Si no quieres que te haga escenas, ¡no te escapes!

No había nada que hacer. Los pacientes andaban por allí y a cada rato cruzaba alguien vestido con bata blanca. Ruzena no quería llamar la atención y por eso tuvo que quedarse y tratar de dar una impresión distendida.

–¿Qué es lo que quieres? –le susurró.

–Nada. Sólo quería pedirte que me perdonases. Lamento mucho lo que hice. Pero, por favor, júrame que no tienes nada que ver con él.

–Ya te dije que no tengo nada que ver.

–Entonces, júralo.

–No seas infantil, no juro por semejantes tonterías.

–Eso es porque ya tuviste algo que ver con él.

–Ya te dije que no. Y si no me crees, entonces no tenemos nada de que hablar. No es más que un conocido. ¿O es que no puedo tener conocidos? Le aprecio. Estoy contenta de conocerle.

–Ya sé. Si no te reprocho nada–dijo el muchacho.

–Mañana tiene un concierto. Espero que no vengas a espiarme.

–¡Si me das tu palabra de honor de que no tienes nada que ver con él!

–Ya te dije que no me rebajo a dar mi palabra de honor por semejantes cosas. Pero te doy mi palabra de honor de que, si vuelves a espiarme otra vez, no volverás a verme en la vida.

—Ruzena, es que yo te quiero —dijo el joven con voz de infelicidad.

—Yo también —dijo Ruzena con frialdad—, pero no por eso te hago escenas en la carretera.

—Es que tú no me quieres. Te avergüenzas de mí.

—No digas bobadas.

—No podemos andar juntos, no puedo ir contigo a ningún sitio...

—Sssss —volvió a acallarle porque había vuelto a levantar la voz—. Mi padre me mataría. Ya te dije que me vigila. No te enfades, pero tengo que marcharme.

El joven la cogió de la mano.

—¡No te vayas todavía!

Ruzena miró al techo con un gesto de desesperación.

El joven dijo:

—Si nos casáramos, todo sería diferente. No podría decirme nada. Tendríamos una familia.

—No quiero tener una familia —dijo Ruzena bruscamente—. ¡Me mataría si fuese a tener un hijo!

—¿Por qué?

—Porque sí. No quiero ningún hijo.

—Yo te quiero, Ruzena —repitió el joven.

Y Ruzena dijo:

—Y por eso me quieres arrastrar al suicidio, ¿eh?

—¿Al suicidio? —preguntó asombrado.

—¡Sí! ¡Al suicidio!

—Ruzena —dijo el joven.

—¡Vas a hacer que me suicide! ¡Te lo digo yo! ¡Seguro que lo harás!

—¿Puedo ir a verte hoy por la noche? —preguntó humildemente.

—No, hoy no —dijo Ruzena. Después se dio cuenta de que tenía que calmarlo y añadió en tono más sereno—: Puedes volver a llamarme algún día, Frantisek. Pero después del domingo –y dio media vuelta para marcharse.

–Espera –dijo el joven–. Te traje algo. Para que me perdones –y le dio un paquetito.

Ella lo cogió y salió rápidamente a la calle.

6

–¿Es realmente tan extravagante el doctor Skreta, o finge serlo? –le peguntó Olga a Jakub.

–Llevo pensando en eso desde que le conozco –respondió Jakub.

–Las personas extravagantes no viven mal, siempre que consigan que la gente respete su extravagancia –dijo Olga–. El doctor Skreta es increíblemente distraído. En medio de una conversación se olvida de lo que estaba diciendo. A veces se pone a charlar en la calle y llega dos horas tarde al consultorio. Sin embargo, nadie se atreve a enfadarse con él, porque el doctor es un extravagante oficialmente reconocido y sólo un necio podría negarle su derecho a la extravagancia.

–Por muy extravagante que sea, creo que no es mal médico.

–Seguramente no, pero a todos nos parece que la práctica médica es para él algo secundario, algo que no lo perturba en todas sus demás actividades, mucho más importantes. Mañana, por ejemplo, va a tocar la batería.

–Espera –interrumpió Jakub a Olga–. ¿Eso es cierto?

–Tiene que ser cierto. Por todo el balneario hay carteles que anuncian que mañana actuará el famoso trompetista Klima y que con él tocará la batería el doctor Skreta.

–Es increíble –dijo Jakub–. No me llamó en absoluto la atención que Skreta pensase tocar la batería. Skreta es el mayor soñador que conozco. Pero todavía no había visto que ninguno de sus sueños se realizase. Cuando nos conocimos, en la universidad, Skreta tenía poco dinero. Siempre tenía poco y siempre soñaba con ganar más. En aquella época planeaba conseguir una hembra de welsh terrier, porque alguien le había dicho que las crías se vendían a cuatro mil coronas. En seguida tuvo los cálculos hechos. La perra pariría dos veces al año cinco cachorros cada vez. Dos por cinco, diez; diez por cuatro mil son cuarenta mil al año. Lo calculó todo perfectamente. Obtuvo laboriosamente la protección del encargado del comedor universitario, quien le prometió que le daría dos veces al día los restos de la comida para el perro. Les escribió a dos compañeras la tesina para que, a cambio, salieran a pasearle el perro. Vivía en una residencia en la que estaba prohibido tener perros. De modo que le compraba todas las semanas un ramo de rosas a la administradora hasta que por fin ella le prometió que en su caso haría una excepción. Estuvo unos dos meses creando condiciones para criar a su perra, pero todos sabíamos que nunca iba a tenerla. Necesitaba cuatro mil coronas para comprarla y nadie se las prestó. Nadie lo tomaba en serio. Todos lo consideraban sólo un soñador, extraordinariamente astuto y emprendedor, eso sí, pero tan sólo en el reino de la imaginación.

–Eso es encantador, pero sigo sin entender tu extraño amor por él. Si ni siquiera es de fiar. No es capaz de llegar a tiempo a ningún sitio y, si hoy queda en algo, mañana se habrá olvidado.

–Eso no es del todo cierto. En cierta ocasión me ayudó mucho. En realidad, nunca nadie me ayudó tanto como él.

Jakub se llevó la mano al bolsillo pequeño de la chaqueta y sacó un papelillo azul retorcido. Lo abrió y en el papelillo apareció una tableta de color azul pálido.

–¿Qué es eso? –preguntó Olga.

–Veneno.

Jakub disfrutó un momento del silencio interrogativo de la chica y luego prosiguió:

–Lo tengo desde hace más de quince años. Después de aquel año que pasé en la cárcel, comprendí algo. Uno debe tener al menos una seguridad: la de ser dueño de su propia muerte y poder elegir el momento y el modo en que haya de producirse. Cuando tienes esa seguridad, puedes aguantar mucho. Siempre sabes que puedes escaparte en cuanto elijas el momento.

–¿Lo tenías cuando estabas en la cárcel?

–Por desgracia no, pero lo conseguí nada más volver.

–¡Pero entonces ya no lo necesitabas!

–Aquí nunca sabes cuándo lo vas a necesitar. Y además ésta es para mí una cuestión de principios. Las personas deberían recibir su veneno el día de su mayoría de edad. Debería entregárseles en una ceremonia solemne. No para inducirlas al suicidio. Al contrario, para que vivan con más tranquilidad y más seguridad. Para que vivan con la conciencia de que son dueñas de su vida y de su muerte.

–¿Y cómo lo conseguiste?

–Skreta empezó su carrera como bioquímico en un laboratorio. Antes se lo había pedido a otra persona que creyó que estaba normalmente obligada a negármelo. Skreta me hizo la pastilla él mismo, sin la menor vacilación.

–Quizá por lo extravagante que es.

–Quizá. Pero sobre todo porque me comprendió. Sabía que yo no era un histérico aficionado a las comedias de suicidas. Entendió cuál era mi propósito. Quiero devolverle la tableta. Ya no voy a necesitarla.

–¿Ya pasaron todos los peligros?

–Mañana por la mañana abandono definitivamente este país. Recibí una invitación para dar clases en una universidad extranjera y me han dado el permiso de salida.

Por fin lo había dicho. Jakub miró a Olga y vio que sonreía. Le cogió la mano:

–¿De verdad? ¡Es fabuloso! ¡Qué bien!

Manifestaba la misma alegría, sin el menor egoísmo, que hubiera sentido él si se hubiera enterado de que Olga se iba al extranjero y que le iría muy bien. Aquello le sorprendió, porque siempre había temido que se sintiera sentimentalmente atada a él. Ahora estaba contento de que no fuera así, pero, por extraño que parezca, también un poco afectado.

Olga estaba tan interesada por la noticia que le había dado Jakub que había dejado de preguntar por la tableta color azul pálido que yacía entre ellos encima de un papel de seda arrugado, y Jakub tuvo que explicarle al detalle todo lo que le esperaba en el futuro próximo.

–Estoy muy contenta de que lo hayas conseguido. Aquí hubieses sido toda la vida un sujeto sospechoso. Ni siquiera te permitían hacer tu trabajo. Y, sin embargo, se pasan la vida dando sermones sobre el amor a la tierra natal. ¿Cómo se puede querer a una tierra en la que no te dejan trabajar? Yo te digo que no siento ningún amor por mi patria. ¿Crees que hago mal?

–No lo sé –dijo Jakub–. De verdad que no lo sé. Lo cierto es que yo me he sentido muy ligado a esta tierra.

–Puede que esté mal –continuó Olga–, pero yo no siento que haya nada que me ate a esto. ¿Qué es lo que me iba a atar?

–Los recuerdos tristes también lo atan a uno.

–¿A qué lo atan? ¿A quedarse en el mismo sitio en el que nació? No entiendo cómo alguien puede hablar de libertad y no liberarse de semejante carga. Es como si el árbol pudiera tener su hogar en un sitio en el que no puede crecer. El hogar del árbol está allí donde encuentra humedad para vivir.

–¿Y tú tienes suficiente humedad?

–En general, sí. Ahora que me han autorizado a estudiar, ya tengo lo que quería. Me dedicaré a mis ciencias naturales y de lo demás no quiero ni enterarme. Yo no inventé la situación en la que vivimos y no me siento responsable de ella. ¿Y cuándo te vas?

–Mañana.

–¿Tan pronto? –lo cogió de la mano–. Hazme el favor. Ya que has sido tan amable viniendo a despedirte de mí, no tengas tanta prisa.

Todo seguía siendo distinto de lo que él había esperado. No se comportaba como una chica que le amaba en secreto, pero tampoco como una hija adoptiva que tiene una relación filial, sin ninguna atracción física. Le tenía cogida la mano de un modo tierno y elocuente, le miraba a los ojos y repetía: «¡No tengas tanta prisa! No disfrutaría nada si sólo te hubieras detenido para decirme adiós».

Jakub estaba bastante confundido:

–Ya veremos –dijo–. Skreta también trata de convencerme de que me quede un poco más.

–Seguro que tienes que quedarte –dijo Olga–. Tenemos tan poco tiempo para nosotros. Ahora tendría que volver a las curas...

Se quedó pensativa y luego dijo que no iría a ninguna parte, ya que había venido Jakub.

–No, no, tienes que ir. No puedes descuidar el tratamiento –le dijo Jakub–. Te acompaño.

–¿De verdad? –preguntó Olga con voz de felicidad. Después abrió el armario y se puso a buscar algo.

En la mesa yacía, encima del papel arrugado, la tableta color azul pálido, y Olga, la única persona a la que le había hablado de su existencia, estaba de espaldas a ella, ante un armario abierto. Jakub pensó que la tableta azul pálido era el drama de su vida, un drama abandonado, casi olvidado y probablemente poco interesante. Y se dijo que había llegado el momento de deshacerse de aquel drama poco interesante, de despedirse rápidamente de él y dejarlo atrás. Envolvió de nuevo la tableta en el papel e introdujo el papel en el bolsillito de la chaqueta.

Olga sacó del armario un bolso, metió en él la toalla, cerró el armario y le dijo a Jakub:

–Podemos irnos.

7

Ruzena llevaba sentada en el banco del parque quién sabe cuanto tiempo y era incapaz de moverse de allí, quizá porque sus ideas también permanecían fijas en un mismo sitio.

Ayer mismo creía todavía en lo que le decía el trompetista. No sólo porque era agradable, sino también porque era más sencillo: de ese modo podía renunciar con la conciencia tranquila a proseguir un combate para el que ya no tenía fuerzas. Pero ahora que sus compañeras se habían reído de ella, volvía a no creerle y pensaba en él con odio, porque en lo más profundo de su alma temía no ser lo suficientemente astuta ni tenaz como para ganarle la partida.

Sin especial interés rompió el papel del paquete que le había dado Frantisek. Dentro había una tela color azul pálido y Ruzena comprendió que había recibido de regalo un camisón; un camisón con el que él quisiera verla cada día; cada día y muchos días y todos los días de la vida. Miraba el color azul pálido de la tela y le parecía que aquella mancha azul se corría, se ampliaba, se convertía en una ciénaga, en una ciénaga de bondad y entrega, en una ciénaga de amor servil que al final acabaría tragándola.

¿A quién odiaba más? ¿Al que no la quería o al que se esforzaba por conquistarla?

Y así estaba, clavada al banco por ambos odios, sin saber siquiera lo que ocurría a su alrededor. Junto al bordillo se detuvo un microbús y tras él un camión cerrado de color verde, desde el que llegaban hasta Ruzena aullidos y ladridos de perros. Se abrió la puerta del microbús y bajó un anciano con una banda roja en la manga. Ruzena miraba atontada y tardó un rato en entender lo que veía.

El hombre voceó una orden hacia el interior del microbús y

por la puerta bajó otro anciano, llevaba también una banda roja en la manga y en la mano una pértiga de tres metros de largo, en cuyo extremo había un lazo de alambre. Tras él bajaron otros hombres y se pusieron en fila delante del microbús. Todos eran viejos, todos tenían bandas rojas en las mangas y todos llevaban pértigas con lazos de alambre en la punta.

El hombre que había bajado primero y no llevaba pértiga daba las órdenes, de modo que los ancianos, como una extraña compañía de lanceros, se pusieron varias veces en posición de firmes y de descanso. Después el hombre voceó otra orden y la compañía de viejos echó a correr hacia el parque. Allí se separaron y cada uno se puso a correr en una dirección diferente, algunos por los caminillos, otros atravesando el césped. Por el parque paseaban los pacientes del balneario y correteaban los niños, y ahora, de pronto, todos se habían quedado quietos y miraban con asombro a los ancianos que se lanzaban al ataque con las pértigas hacia delante.

También Ruzena despertó de la inmovilidad de sus meditaciones y se puso a observar lo que sucedía. Reconoció en uno de los ancianos a su padre y lo miró con disgusto, pero sin sorpresa.

Junto a un abedul, en medio del césped, correteaba un perrito callejero. Uno de los ancianos corrió hacia él y el perro lo miró sorprendido. El viejo estiró la pértiga tratando de colocar el lazo de alambre delante de la cabeza del perro. Pero la vara era larga, las manos del anciano débiles y el viejo no era capaz de acertar. El lazo de alambre se balanceaba sin precisión alrededor de la cabeza del perrito, que lo miraba con curiosidad.

Pero había venido ya a ayudar al viejo otro jubilado que tenía las manos más firmes, de modo que el perrito se encontró finalmente atrapado en el collar de alambre. El viejo tiró de la pértiga, el alambre se hincó en el cuello peludo y el perrito aulló. Los dos jubilados se rieron y arrastraron al perro por el césped hasta los vehículos aparcados. Abrieron las grandes puertas del camión, del que salió una poderosa ola de ladrido canino; tiraron allí dentro al perrito callejero.

Ruzena percibía todo lo que veía sólo como parte de su propia historia: era una mujer desgraciada entre dos mundos: el mundo de Klima la rechazaba y el mundo de Frantisek, del que quería escapar (un mundo de trivialidad y aburrimiento, un mundo de fracaso y capitulación), había venido a buscarla bajo la apariencia de este pelotón atacante, como si quisiera llevársela con uno de esos lazos de alambre.

En un caminillo de arena del parque estaba un chico de unos doce años llamando desesperadamente a su perrito, que se había metido en medio de los arbustos. Pero en lugar del perro quien corrió hacia el muchacho fue el padre de Ruzena con la pértiga. El chico se calló inmediatamente. Temía llamar al perro, porque sabía que el viejo de la pértiga se lo llevaría. Por eso se echó a correr por el camino para huir del viejo, pero el viejo también corrió tras él. Corrían los dos juntos. El padre de Ruzena con la pértiga y el chico, quien, mientras corría, se puso a llorar. Después el chico dio media vuelta y echó a correr en sentido contrario. El padre de Ruzena también giró. Otra vez corrían juntos.

Después salió de entre los arbustos un perro pachón. El padre de Ruzena alargó la pértiga hacia él, pero el perro lo esquivó y corrió hacia el chico, que lo levantó y lo apretó contra su cuerpo. Otros viejos corrieron a ayudar al padre de Ruzena y arrancaron al perro de los brazos del muchacho. El chico lloraba, gritaba y lanzaba puñetazos a su alrededor, de modo que tuvieron que retorcerle los brazos y taparle la boca, porque sus gritos llamaban demasiado la atención de los paseantes, que observaban pero tenían miedo de intervenir.

Ella no quería seguir viendo a su padre y a sus compinches. Pero ¿adónde ir? En su pequeña habitación tenía una novela de detectives sin terminar de leer que no la atraía, en el cine ponían una película que ya había visto y en el vestíbulo del Richmond funcionaba permanentemente la televisión. Se decidió por la televisión. Se levantó del banco y el griterío de los viejos, que llegaba hasta ella desde todas partes, hizo que volviera a tomar conciencia, con toda intensidad, del contenido de sus entrañas y le pareció que era sagrado. La cambiaba y la elevaba. La separaba de aquellos seres enfurecidos que perseguían a los perros. De pronto pensó, como una idea imprecisa, que no podía rendirse y no podía capitular porque en la barriga llevaba su única esperanza; su única entrada para el futuro.

Al llegar al borde del parque, vio a Jakub. Estaba en la acera del Richmond y observaba lo que ocurría en el parque. Sólo lo había visto una vez, hoy durante el almuerzo, pero se acordaba de él. La paciente, vecina suya durante un tiempo y que golpeaba en la pared cuando Ruzena ponía la radio un poquito más fuerte, le resultaba muy antipática, de modo que observaba con atención y disgusto todo lo que tenía algo que ver con ella.

La cara de aquel hombre no le gustaba. Le parecía irónica y Ruzena odiaba la ironía. Siempre le había parecido que la ironía (cualquier tipo de ironía) era como un guardián armado junto al portal de su futuro, que la examinaba atentamente y hacía con la cabeza un gesto de rechazo. Se irguió y pretendió pasar junto a Jakub con toda la provocación de sus pechos y el orgullo de su barriga.

Y aquel hombre (lo observaba con el rabillo del ojo) dijo ahora, de pronto, con voz tierna, serena:

–Ven aquí..., ven, ven aquí conmigo...

Al principio no podía entender cómo era posible que la llamase. La ternura de su voz la confundió y no supo cómo responderle. Pero luego miró a su alrededor y vio que tras ella iba un bóxer gordo, con cara de persona fea.

La voz de Jakub atrajo al perro. Lo cogió por el collar.

–Ven conmigo, que, si no, vas a acabar mal.

El perro levantó confiado la cabeza hacia Jakub, su lengua ondeaba como un alegre banderín.

Fue un instante de humillación, ridícula, insignificante y sin embargo evidente. Él no había tomado en cuenta ni su provocación ni su orgullo. Ella creyó que le hablaba y en realidad le estaba hablando al perro. Pasó junto a él y se detuvo en la escalera de la entrada del Richmond.

Dos viejos con pértigas se abalanzaron hacia Jakub atravesando la calle. Ella miraba la escena con rabia y no podía evitar ponerse de parte de los viejos.

Jakub condujo del collar al perro hasta la escalera del edificio y el viejo le gritó:

–¡Suelte a ese perro inmediatamente!

Y el segundo viejo:

–¡En nombre de la ley!

Jakub no hizo caso a los viejos y siguió andando, pero una de las pértigas se inclinó hacia abajo, pasó junto a su cuerpo y el lazo de alambre quedó colgando vacilante sobre la cabeza del bóxer.

Jakub cogió el extremo de la pértiga y lo empujó hacia un lado.

Llegó un tercer viejo corriendo y le gritó:

–¡Está obstaculizando la actuación de la autoridad! ¡Voy a llamar a la policía!

Y la voz aguda de otro viejo acusaba:

–¡Estaba corriendo por el parque! ¡Corría por entre los juegos de los niños sin respetar la prohibición! ¡Meaba en la arena de los niños! ¿Prefiere usted a los perros o a los niños?

Ruzena observaba la escena desde lo alto de la escalera y el orgullo que hasta hacía un momento había sentido sólo en la barriga le subía por todo el cuerpo y la llenaba de obstinación. Jakub subía hacia donde ella estaba, llevando al perro por el collar, y ella dijo:

–Ese perro no puede entrar aquí.

Jakub le respondió en un tono sereno, pero ella ya no podía

retroceder. Se cuadró delante de la amplia puerta del Richmond y repitió:

–Éste es un edificio para pacientes, no para perros. Aquí no pueden entrar perros.

–¿No quiere también una de esas pértigas de ahorcar, señorita? –dijo Jakub y avanzó con el perro hacia la puerta.

Ruzena oyó en la frase de Jakub la odiada ironía que la arrastraba de vuelta hacia el lugar de donde había salido, hacia el lugar en el que no quería estar. La rabia le nubló la vista. Cogió al perro por el collar. Ahora lo tenían cogido los dos. Jakub tiraba de él hacia dentro y ella hacia fuera.

Jakub le cogió a Ruzena la mano por la muñeca y se la arrancó del collar con tal violencia que la chica trastabilló.

–¡Usted también preferiría, en lugar de niños, llevar perros en los cochecitos! –le gritó mientras se alejaba.

Jakub la miró y las miradas de los dos se apoyaron la una contra la otra con el peso de un odio repentino y desnudo.

8

El bóxer correteaba con curiosidad por la habitación como si no intuyese que había escapado de un peligro. Jakub se tendió en el diván y se puso a pensar en lo que podía hacer con él. El perro le gustaba, era bonachón y alegre. La despreocupación con la que se habituó en pocos minutos a una habitación ajena y se hizo amigo de un extraño resultaba sospechosa y parecía lindar con la estupidez. Después de olisquear todos los rincones de la habitación, se subió al diván en el que estaba Jakub y se acostó junto a él. Jakub se quedó sorprendido, pero aceptó sin discusiones aquella manifestación de amistad. Le puso al perro la mano en el lomo y disfrutó de la sensación de calor animal. Siempre le habían gustado los perros. Eran seres próximos, cariñosos, entregados y al mismo tiempo totalmente incomprensibles. El hombre nunca sabrá lo que realmente sucede en la cabeza y en el corazón de esos confiados y alegres embajadores de una naturaleza extraña e incomprensible para el hombre.

Le rascó el lomo al perro y pensó en la escena que acababa de presenciar. Los viejos de las largas pértigas se le confundían con los guardianes de la cárcel, los interrogadores y los confidentes que trataban de averiguar si el vecino hablaba de política en la tienda. ¿Qué impulsaba a esta gente a desempeñar su triste actividad? ¿La maldad? Seguro, pero también el ansia de orden. Porque el ansia de orden pretende convertir el mundo de los hombres en el reino de lo inorgánico, en el que todo marcha, funciona, sometido a un orden suprapersonal. El ansia de orden es al mismo tiempo ansia de muerte, porque la vida es una permanente alteración del orden. O dicho al revés: el ansia de orden es el virtuoso pretexto con el cual el odio a la gente justifica su actuación devastadora.

Y después se acordó de aquella chica rubia que no le había querido dejar entrar en el Richmond y sintió hacia ella un doloroso odio. Los viejos de las pértigas no lo irritaban, a ésos les conocía perfectamente, con ellos contaba, nunca había dudado de que existen y tienen que existir y de que serían siempre sus perseguidores. Pero aquella chica, aquélla era su eterna derrota. Era bonita y no había aparecido en escena como perseguidora, sino como espectadora que se ha visto arrastrada por el espectáculo y se ha identificado con los que persiguen. Jakub había sentido siempre terror de que los que miraban estuvieran dispuestos a sujetarle la víctima al verdugo. Porque el verdugo se ha ido convirtiendo con el tiempo en un personaje familiar del vecindario, mientras que los perseguidos huelen de algún modo a aristocracia. El alma de la masa, que en tiempos se había sentido identificada con los míseros perseguidos, se identifica hoy con la miseria de los perseguidores. Porque la caza al hombre es en nuestro siglo caza de privilegiados: se caza a los que leen libros o a los que tienen perro.

Sentía bajo la mano el cuerpo cálido del perro y se decía a sí mismo que aquella chica rubia había llegado para comunicarle con una señal misteriosa que en este país nunca iba a ser amado y que ella, la embajadora del pueblo, siempre estaría dispuesta a retenerlo para que le alcanzaran los hombres que van a tender hacia él la pértiga con el lazo de alambre. Abrazó al perro y lo apretó contra su cuerpo. Pensó que no podía dejarlo aquí a su suerte, que debía llevárselo de este país como recuerdo de la persecución, como a uno de los que escaparon. Y entonces se imaginó que escondía a aquel alegre chucho como si fuera un fugitivo perseguido por la policía y le dio la risa.

Llamaron a la puerta y entró Skreta:

–Ya es hora de que estés en casa. Llevo toda la tarde buscándote. ¿Dónde estabas?

–Estuve con Olga y después... –Iba a contarle la historia del perro, pero el doctor Skreta le interrumpió:

–Ya me lo podía haber imaginado. Perder el tiempo así cuando tenemos tantas cosas que discutir. Ya le dije a Bertlef que estás aquí y me las he arreglado para que nos invite a su habitación.

En ese momento el perro saltó del diván, se acercó al doctor, se levantó en las patas traseras y le puso las delanteras encima del pecho. Skreta rascó al perro en el cuello y, sin asombrarse en lo más mínimo, le habló:

–Bueno, *Bobes,* vale, muy bien...

–¿Éste es *Bobes*?

–Sí, es *Bobes* –confirmó Skreta y explicó que el perro pertenecía al administrador de un restaurante en el bosque, cerca del balneario; al perro lo conoce todo el mundo porque le encanta vagar por los alrededores.

El perro comprendió que se estaba hablando de él y se puso contento. Movía el rabo y trataba de lamerle la cara a Skreta.

El doctor Skreta dijo:

–Tú eres un magnífico sicólogo. Tienes que estudiarlo bien hoy. No sé cómo hacerlo. Tengo grandes planes en relación con él.

–¿Lo de los cuadros religiosos?

–Lo de los cuadros religiosos es una estupidez –dijo Skreta–. Se trata de cosas más importantes. Quiero que me adopte.

–¿Que te adopte?

–Ser su hijo adoptivo. Para mí es una cuestión vital. Si me convierto en hijo suyo me dan automáticamente la ciudadanía norteamericana.

–¿Quieres emigrar?

–No es eso. Estoy realizando aquí experimentos de gran importancia y no quiero interrumpirlos. De eso también quiero hablar hoy contigo porque te voy a necesitar. Pero teniendo pasaporte norteamericano podré viajar libremente por todo el mundo. Si no es así, una persona normal no puede salir de aquí a ninguna parte. Y a mí me gustaría mucho ir a Islandia.

–¿Y por qué precisamente a Islandia?

–Es el mejor sitio para pescar salmones –dijo Skreta, y continuó–: Lo que complica un poco las cosas es que Bertlef sólo es siete años mayor que yo. Voy a tener que explicarle que la paternidad adoptiva es un estado legal que no tiene nada que ver con la paternidad natural y que, teóricamente, podría ser mi padre adoptivo aunque fuera menor que yo. Seguramente lo comprenderá, pero su mujer es jovencísima. Es paciente mía. De todos modos llegará pasado mañana. Mandé a Mimí a la capital para que la espere en el aeropuerto.

–¿Mimí está informada de tus planes?

–Por supuesto. Le ordené ganarse a su futura suegra al precio que sea.

–¿Y el americano? ¿Qué dice de todo eso?

–Ése es el mayor problema. Es incapaz de darse cuenta de

nada. Por eso necesito que lo estudies y me aconsejes qué hacer para conseguirlo.

Skreta miró el reloj y dijo que Bertlef ya los estaría esperando.

–¿Y qué hacemos con *Bobes*? –preguntó Jakub.

–¿Cómo vino a parar a tus manos? –dijo Skreta.

Jakub le explicó a su amigo cómo le había salvado la vida al perro, pero Skreta estaba centrado en sus ideas y le oía sin prestarle atención. Cuando Jakub terminó, dijo:

–La señora del restaurante es paciente mía. Hace dos años dio a luz un precioso niño. A *Bobes* lo quieren mucho, mañana deberías llevárselo. Mientras tanto le daremos una pastilla para dormir, así no nos molestará.

Entonces sacó del bolsillo un tubo y cogió una tableta. Atrajo al perro hacia sí, le abrió la boca y le metió la pastilla en la garganta.

–Dentro de un momento dormirá plácidamente –dijo y salió con Jakub de la habitación.

9

Bertlef les dio la bienvenida a los dos visitantes y Jakub echó un vistazo a la habitación. Se acercó luego al cuadro en el que estaba pintado un santo barbudo.

–Me han dicho que pinta –le dijo a Bertlef.

–Sí –respondió Bertlef–. Es San Lázaro, mi patrón.

–¿Y cómo es que le hizo la aureola azul? –se extrañó Jakub.

–Me gusta que me lo pregunte. La gente suele mirar los cuadros sin ver lo que mira. Pinté la aureola azul simplemente porque la aureola es en realidad azul.

Jakub volvió a extrañarse y Bertlef continuó:

–Las personas que están ligadas a Dios por un amor especialmente fuerte son recompensadas con una santa alegría que se derrama en su interior y desde allí irradia hacia fuera. La luz de esa alegría divina es suave y silenciosa y tiene el color del azul celeste.

–Un momento –le interrumpió Jakub–. ¿Cree usted que la aureola es algo más que un símbolo plástico?

–Por supuesto –dijo Bertlef–. Pero no se imagine, naturalmente, que sale de las cabezas de los santos ininterrumpidamente y que los santos van por el mundo como farolas ambulantes. Por supuesto que no. Sólo en algunos momentos de gran alegría interior se desprende de ellos una irradiación azulada. En los primeros siglos después de la muerte de Jesús, cuando había muchos santos y muchas personas que los conocían de cerca, nadie dudaba del color de la aureola y en todos los cuadros y frescos de la época la verá azul. Es a partir del siglo quinto cuando los pintores empiezan gradualmente a pintarla de otros colores, por ejemplo naranja o amarilla. En el gótico es ya exclusivamente dorada. Era más decorativo y expresaba mejor el poder terrenal y la gloria de la Iglesia. Pero en realidad no se parecía más a la aureola que la iglesia de entonces a los primeros cristianos.

–Eso no lo sabía –dijo Jakub, y Bertlef fue hacia el armario de las bebidas.

Discutió durante un momento con los invitados a qué botella debían dar prioridad. Después de servir coñac en tres copas, se dirigió al doctor Skreta.

–Espero que no se olvide de ese infeliz padre. Estoy muy interesado en ello.

Skreta le garantizó a Bertlef que todo saldría bien y Jakub preguntó de qué estaban hablando. Cuando se lo explicaron (valoremos la nobleza y discreción de los dos hombres: no mencionaron ningún nombre, ni siquiera ante Jakub), manifestó gran compasión por el desconocido fecundador.

–¿Quién de nosotros no ha pasado por semejante martirio? Es una de las grandes pruebas. Los que sucumben y se convierten en padres contra su voluntad sufren una derrota para toda la vida. Entonces se vuelven malos como todos los perdedores y les desean a los demás la misma suerte.

–¡Amigo! –exclamó Bertlef–. ¡Hablar así ante un padre feliz! ¡Si se queda usted aquí dos o tres días, verá a mi hermoso hijo y se retractará usted de lo que acaba de decir!

–No me retractaré –dijo Jakub–, ¡porque usted no ha sido padre contra su voluntad!

–Eso sí que no. Soy padre por mi propia voluntad y por voluntad del doctor Skreta.

El doctor Skreta asintió satisfecho y afirmó que él también tenía una idea de la paternidad distinta de la de Jakub, como lo confirma, dijo, el estado en que se halla su querida Mimí.

–Lo único –añadió– que me conduce a cierto escepticismo con respecto a la multiplicación de la especie es la inadecuada elección de los padres. Es increíble que algunos individuos horrorosos se decidan a multiplicarse. Seguramente creen que la carga de su fealdad se volverá más ligera si la comparten con sus descendientes.

Bertlef tachó de racismo estético la postura del doctor Skreta:

–No olvide que no sólo Sócrates era feísimo, sino que muchas amantes famosas tampoco destacaban por su perfección corporal. El racismo estético es casi siempre una manifestación de inexperiencia. Los que no han penetrado excesivamente en el mundo de los placeres amorosos sólo pueden juzgar a las mujeres por lo que ven. Pero los que de verdad las conocen saben que los ojos sólo pueden comunicar una mínima fracción de lo que una mujer puede brindarnos. Cuando Dios incitó a la humanidad a amarse y multiplicarse, se refería, doctor, a los feos y a los hermosos. Por lo demás estoy convencido de que el criterio estético proviene del diablo y no de Dios. En el paraíso nadie distinguía la fealdad de la belleza.

Luego se incorporó al debate Jakub y dijo que los motivos estéticos no habían desempeñado papel alguno en su rechazo de la multiplicación.

–Podría citar una decena de motivos distintos para no ser padre.

–Hable, estoy impaciente –dijo Bertlef.

–En primer lugar, no me gusta la maternidad –dijo Jakub y reflexionó–: La época moderna ha desenmascarado ya todos los mitos. Hace tiempo ya que la infancia no es la edad de la inocencia. Freud descubrió la sexualidad infantil y dijo todo lo que había que decir sobre Edipo. Sólo Yocasta permanece oculta y nadie se atreve a despojarla de sus hábitos. La maternidad es el último y el mayor de los tabúes y en ella se oculta también la mayor de las maldiciones. No hay mayor atadura que la de la madre con el niño. Esta atadura mutila para siempre el alma del hijo y somete a la madre, en la época de la madurez del hijo, a los mayores sufrimientos amorosos que existen. Yo digo que la maternidad es una maldición y no estoy dispuesto a multiplicarla.

–Continúe –dijo Bertlef.

–Hay otros motivos por los que no quiero multiplicar a las madres –dijo Jakub con ciertos titubeos–. Me gusta el cuerpo femenino y me repugna la idea de que el pecho amado se convierta en una bolsa de leche.

–Continúe –dijo Bertlef.

–El doctor seguramente confirmará que a las mujeres que están en el hospital tras una interrupción del embarazo, los médicos y las enfermeras las tratan mucho peor que a las que dan a luz y manifiestan hacia ellas cierto desprecio, aunque ellos mismos vayan a necesitar al menos una vez en la vida una intervención semejante. Sin embargo, es algo más fuerte que cualquier tipo de reflexión, porque el culto al nacimiento es una imposición de la naturaleza. Por eso no hay que buscar en la publicidad a favor del crecimiento de la población ningún argumento racional. ¿Cree usted que se oye la voz de Jesús a través de la moral de la Iglesia con respecto al aumento de la natalidad o que es Marx quien habla a través de la propaganda estatal comunista de la procreación? Por el puro deseo de conservar la especie, la humanidad pronto acabará por ahogarse en su pequeña tierra. Pero la publicidad a favor de la natalidad sigue en sus trece y el público llora enternecido cuando ve la imagen de una madre dando de mamar o la de un crío gesticulando. Me repugna todo eso. Cuando imagino que, junto a otros millones de entusiastas, debería inclinarme con una sonrisa estúpida ante un cochecito, me corre un escalofrío por la espalda.

–Continúe –dijo Bertlef.

–Y naturalmente tengo que pensar en el mundo en el que nacería ese hijo. Inmediatamente se apoderaría de él la escuela y le metería en la cabeza las mentiras contra las que yo mismo he luchado inútilmente toda la vida. ¿Debería permanecer impasible viendo cómo mi descendiente se convierte en un bobo conformista? ¿O debería transmitirle mis propias ideas y verlo infeliz por tener que enfrentarse a los mismos conflictos que yo?

–Continúe –dijo Bertlef.

–Y naturalmente tengo que pensar en mí. En este país los hijos son castigados cuando los padres son desobedientes y los padres cuando son desobedientes los hijos. ¡Cuántos jóvenes han sido expulsados de sus estudios porque sus padres habían caído en desgracia! ¡Y cuántos padres se han resignado a ser toda su vida unos cobardes, sólo para no perjudicar a sus hijos! Si alguien quiere mantener aquí al menos un poco de libertad, no puede tener hijos –dijo Jakub y se quedó en silencio.

–Le faltan aún cinco motivos para completar el decálogo –dijo Bertlef.

–El último motivo es tan grande que vale por cinco –dijo Jakub–. Tener un hijo significa manifestar que se está absolutamente de acuerdo con el hombre. Si tengo un hijo, es como si dijera: He nacido, he experimentado la vida y he comprobado que es tan buena que merece ser repetida.

–¿Y usted no cree que la vida sea buena? –preguntó Bertlef.

Jakub procuró hablar con precisión y dijo con cautela:

–Lo único que sé es que nunca podría decir con profunda convicción: El hombre es un ser magnífico y quiero repetirlo.

–Eso es porque siempre has conocido el lado malo de la vida –dijo el doctor Skreta–. Nunca has sabido vivir. Siempre pensaste que tu obligación era estar, como suele decirse, en el meollo de todo. Estar en medio de los acontecimientos. Pero ¿qué acontecimientos eran ésos? La política. Y la política es lo menos esencial y lo menos valioso de la vida. La política es la espuma sucia del río, mientras que la verdadera vida del río se desarrolla en las profundidades. La investigación sobre la fertilidad femenina se viene haciendo desde hace miles de años. Es una historia sólida y segura. Y le da lo mismo el gobierno que esté ahora mismo en el poder. Yo, que me pongo los guantes de goma y examino los órganos femeninos, estoy mucho más cerca del centro de la vida que tú, que casi perdiste la vida por ocuparte tanto del bienestar del pueblo.

En lugar de defenderse, Jakub aceptó los reproches de su amigo, de modo que Skreta, estimulado, continuó:

–Arquímedes con sus círculos, Miguel Ángel con un trozo de piedra, Pasteur con sus tubos de ensayo, ésos fueron los únicos que transformaron la vida de la gente e hicieron la historia real, mientras que los políticos... –Skreta calló e hizo un gesto despectivo con la mano.

–¿Mientras que los políticos qué? –preguntó Jakub, y prosiguió–: Yo te lo diré. Si la ciencia y el arte son en realidad el verdadero y legítimo escenario de la historia, la política, por el contrario, es un laboratorio científico cerrado, en el que se llevan a cabo experimentos inéditos con el hombre. Los ejemplares humanos experimentales son arrojados al foso y sacados de nuevo a escena, seducidos con el aplauso y amedrentados con la horca, delatados y obligados a delatar. Yo trabajé en ese laboratorio como elaborante, pero unas cuantas veces también serví de víctima en la vivisección. Sé que no he creado ningún valor (tampoco lo hizo ninguno de los que allí trabajaban conmigo), pero he llegado a conocer mejor que los demás lo que es el hombre.

–Le comprendo –dijo Bertlef– y conozco ese laboratorio, aunque yo mismo nunca he sido en él elaborante, sino únicamente cobaya. La guerra me sorprendió en Alemania. La mujer a la que entonces amaba me denunció a la Gestapo. Fueron a verla y le enseñaron una fotografía en la que estaba yo abrazado a otra mujer. Aquello le hirió y ya sabe que el amor adquiere muchas veces el aspecto del odio. Fui a la cárcel con la particular sensación de que había sido el amor el que me había mandado allí. ¿No es maravilloso encontrarse en manos de la Gestapo y saber que se trata en realidad del privilegio de un hombre que es demasiado amado?

Jakub respondió:

–Si algo hay que realmente me ha disgustado del hombre es la forma en que su crueldad, su bajeza y su estrechez de miras se disfrazan de lirismo. Le envió a usted a la muerte y vivió aquello como la sensible actitud de un amor herido. Y usted fue a la horca por culpa de una imbécil, con la sensación de estar haciendo un papel en una tragedia escrita por Shakespeare para usted.

–Vino a verme llorando después de la guerra –continuó Bertlef como si no oyese las alegaciones de Jakub–. Le dije: No temas, Bertlef no se venga nunca.

–¿Sabe una cosa? –dijo Jakub–, pienso con frecuencia en el rey Herodes. Ya conoce la historia. Al parecer se enteró de que había nacido el próximo rey de los judíos, así que por temor a perder el trono hizo que asesinaran a todos los recién nacidos. Yo me imagino a Herodes de otro modo, aunque sé que no es más que un juego de la imaginación. A mi juicio, Herodes fue un rey culto, sabio y muy generoso, que había trabajado durante mucho tiempo en el laboratorio de la política, y se dio cuenta de lo que es la vida y lo que es el hombre. Comprendió que el hombre no debía haber sido creado. Por lo demás, sus dudas no estaban tan fuera de lugar ni eran tan pecaminosas. Si no me equivoco, Dios también tuvo dudas acerca del hombre y pensó en deshacer esta obra suya.

–Sí –asintió Bertlef–, habla de ello Moisés en el capítulo sexto del Génesis: Raeré los hombres que he creado de sobre la faz de la tierra porque me arrepiento de haberlos hecho.

–Y puede que no haya sido más que un momento de debilidad de Jehová el haberle permitido finalmente a Noé salvarse con su arca y que la historia de la humanidad empezase de nuevo. ¿Podemos estar seguros de que el mismo Dios no se haya arrepentido de aquella debilidad? Pero, con lamentos o sin ellos, ya no había nada que hacer. Dios no se puede poner en ridículo modificando constantemente sus decisiones. Pero ¿y si fue él mismo quien puso aquella idea en la cabeza de Herodes? ¿Podemos eliminar esa posibilidad?

Bertlef se encogió de hombros y no dijo nada.

–Herodes era un rey. No cargaba solo con su responsabilidad. No podía decir como yo: que los demás hagan lo que quieran, yo no me multiplicaré. Herodes era rey y sabía que debía decidir no sólo en su nombre, sino también en el de los demás y decidió, en nombre de la humanidad, que el hombre no volvería a repetirse. Y así empezó el asesinato de los niños. Sus motivos no fueron tan ruines como los que le atribuye la tradición. Herodes estaba guiado por la más elevada intención de liberar finalmente al mundo de las garras del hombre.

–Su interpretación de Herodes me gusta bastante –dijo Bertlef–. Me gusta tanto que desde hoy me imaginaré el asesinato de los niños igual que usted. Pero no olvide que precisamente en la misma época en la que Herodes decidió que la humanidad dejaría de existir, nació en Belén un chiquillo que escapó de su matanza. Y ese chiquillo luego creció y le dijo a la gente que sólo hacía falta una única cosa para que valiese la pena vivir: amarse los unos a los otros. Es posible que Herodes fuera más culto y experimentado. En realidad Jesús era un jovencito y es probable que no supiera mucho de la vida. Es posible que todas sus enseñanzas puedan explicarse sólo a partir de su juventud y su inexperiencia. De su ingenuidad, si usted quiere. Y sin embargo decía la verdad.

–¿La verdad? ¿Quién ha demostrado que fuera verdad? –preguntó belicosamente Jakub.

–Nadie –dijo Bertlef–. Nadie lo demostró y nadie lo demostrará. Jesús amaba tanto a su padre que no podía admitir que su obra fuera mala. Lo impulsaba el amor y no la razón. Por eso sólo nuestro corazón puede decidir esta pugna entre él y Herodes. ¿Vale o no la pena ser hombre? No tengo ninguna prueba en ese sentido, pero creo con Jesús que sí –luego señaló con una sonrisa al doctor Skreta–: Fue precisamente por eso por lo que traje a mi mujer a que se curase aquí con el doctor, que a mi juicio es uno de los santos discípulos de Jesús, porque sabe hacer milagros y despertar a la vida las entrañas durmientes de las mujeres. ¡Bebamos a su salud!

10

Jakub siempre había tratado a Olga con paternal seriedad y disfrutaba llamándose a sí mismo, en broma, «anciano». Pero ella sabía que había muchas mujeres con las que actuaba de un modo completamente distinto y les tenía envidia. Pero hoy, por primera vez, le había parecido que había en Jakub algo viejo. Su comportamiento desprendía ese olor a rancio que la gente joven percibe en la generación de sus mayores.

Los ancianos se caracterizan por envanecerse de sus padecimientos pasados y convertirlos en un museo al que invitan a entrar a los visitantes. (¡Ay, cuán escasas son la visitas en estos tristes museos!) Olga comprendió que era la principal pieza viva del museo de Jakub y que su relación generosa y altruista con ella tenía por objeto hacer llorar a los visitantes.

Hoy también había visto la más preciosa de las piezas inertes: la tableta azul pálida. Cuando la desenvolvió hoy ante ella, se asombró de no emocionarse ni siquiera un poco. Comprendió, eso sí, que en aquellos tiempos difíciles Jakub había pensado en suicidarse, pero lo que le parecía ridículo era el patetismo con el que se lo comunicaba. Lo que le parecía ridículo era la forma en que sacaba la pastilla del papelillo azul como si se tratase de un preciado diamante. Y no entendía por qué se la quería devolver al doctor Skreta el día de su partida, si al mismo tiempo afirmaba que toda persona adulta debía ser dueña de su muerte en cualquier circunstancia. ¿Acaso no puede tener Jakub en el extranjero un cáncer y necesitar el veneno tanto como aquí? Pero no, para Jakub la tableta no era un simple veneno, sino un *atrezzo* simbólico, que ahora, en una especie de ceremonia sacra, debía ser entregado al sumo sacerdote. Era de risa.

Volvía de la Casa de Baños y se dirigía al Richmond. Pese a todos sus pensamientos malignos, deseaba ver a Jakub. Tenía muchas ganas de profanar su museo y de comportarse dentro de él, no como una pieza de museo, sino como una mujer. Por eso se quedó un tanto desilusionada al encontrar en la puerta el recado de que debía ir a la habitación contigua. La presencia de los demás hacía que su coraje disminuyese, y aún más porque no conocía a Bertlef y el doctor Skreta la trataba habitualmente con amable pero evidente desinterés.

Bertlef, sin embargo, hizo que perdiera rápidamente la timidez, se le presentó con una profunda reverencia y le echó en cara al doctor Skreta que nunca le hubiera presentado a una mujer tan interesante.

Skreta le respondió que la chica había sido confiada a sus cuidados por Jakub y que por eso no había querido presentársela a Bertlef, porque sabía que no había mujer que se le resistiese.

Bertlef aceptó aquella excusa con alegre satisfacción. Después levantó el auricular y encargó la cena en el restaurante.

–Es increíble –dijo el doctor Skreta– que en este lugar perdido, donde no hay un solo restaurante en donde den de comer decentemente, nuestro amigo consiga vivir con tal abundancia.

Bertlef metió la mano en una caja de puros abierta que había junto al teléfono, que estaba llena de monedas de plata de medio dólar.

–El hombre no debe ser avaro... –rió.

Jakub observó que nunca había visto a una persona que creyese tan intensamente en Dios y al mismo tiempo supiese vivir tan placenteramente.

–Eso se debe probablemente a que hasta ahora nunca ha visto a un cristiano de verdad. La palabra Evangelio significa, como usted sabe, mensaje gozoso. Gozar de la vida es el legado esencial de Jesús.

A Olga le pareció que se presentaba la oportunidad de tomar parte en la conversación:

–Si he de creer en lo que nos decían nuestros maestros, los cristianos no veían en la vida terrena más que un valle de lágrimas y esperaban que la vida verdadera comenzase después de la muerte.

–Querida señorita –dijo Bertlef–, no les crea a los maestros.

–Y los santos –continuó Olga– no hacían más que renunciar a la vida. En lugar de hacer el amor, se daban latigazos, en lugar de charlar como nosotros, se iban a las ermitas y, en lugar de encargar la cena por teléfono, mascaban raíces.

–No entiende usted en absoluto a los santos, señorita. Era gente que tenía un enorme apego a las satisfacciones de la vida, sólo que las alcanzaban de otro modo. ¿Cuál es, a su juicio, el mayor placer para el hombre? Puede adivinar, pero no acertaría porque no es suficientemente sincera. No es un reproche, porque para ser sincero es necesario conocerse a sí mismo y para conocerse a sí mismo hacen falta años. Y ¿cómo podría ser sincera una chica que irradia tanta juventud como usted? No puede ser sincera, porque ni siquiera sabe lo que lleva dentro. Pero, si lo supiese, debería coincidir conmigo en que el mayor placer es el de ser admirado. ¿No le parece?

Olga respondió que conocía placeres mejores.

–No los conoce –dijo Bertlef–. Fíjese en ese corredor de ustedes al que conoce aquí cualquier niño, ese que ganó tres olimpiadas seguidas. ¿Cree usted que ha renunciado a la vida? Sin embargo, en lugar de la charla, el amor y la buena mesa, tuvo que dar vueltas y vueltas a la pista. Su entrenamiento era bastante parecido a lo que hacían nuestros grandes santos. San Macario de Alejandría, que vivía en el desierto, llenaba sistemáticamente su cesto de arena, se lo cargaba a las espaldas y andaba con él durante muchos días por las interminables llanuras hasta quedar completamente agotado. Pero evidentemente para su corredor y para Macario de Alejandría existía un gran premio que superaba, con mucho, todo su esfuerzo. ¿Sabe lo que es oír el aplauso del inmenso anfiteatro olímpico? ¡No hay alegría mayor! San Macarlo de Alejandría sabía perfectamente por qué llevaba a las espaldas el cesto cargado de arena. La fama de sus viajes récord por el desierto se extendió rápidamente por todo el mundo cristiano. Y San Macario de Alejandría era como ese corredor suyo. Ése también triunfó primero en los cinco mil metros, después en los diez mil metros y al final no pudo resistirlo y triunfó también en el maratón. El deseo de ser admirado es insaciable. San Macarlo llegó a un monasterio de Tebas sin ser reconocido y pidió que lo admitieran. Cuando llegó la época de la Cuaresma fue su apoteosis. ¡Mientras que los demás mantenían el ayuno sentados, el pasó los cuarenta días de ayuno de pie! ¡Fue un triunfo mayor que todo lo que usted podría soñar! ¡O acuérdese de Simón el

Estilita! Construyó en el desierto una columna encima de la cual había una pequeña superficie. No había sitio para sentarse, allí había que estar de pie. Y él se pasó allí de pie toda la vida y todo el mundo cristiano admiraba entusiasmado aquel récord increíble, con el cual parecía que el hombre superaba los límites humanos. San Simón el Estilita fue el Gagarin del siglo tercero. ¿Se imagina qué felicidad invadió a Santa Ana de París cuando se enteró por medio de un mensajero galo de que San Simón el Estilita había oído hablar de ella y la bendecía desde su columna? ¿Y por qué cree que trataba de superar el récord? ¿Por qué no le importaba la vida ni la gente? ¡No sea ingenua! Los Santos Padres sabían perfectamente que San Simón el Estilita era un vanidoso y lo sometieron a prueba. En nombre de la autoridad eclesiástica le ordenaron bajar de la columna y dejar de competir. ¡Qué golpe para San Simón el Estilita! Pero fue tan sagaz o tan astuto que obedeció. Los Padres de la Iglesia no tenían nada en contra de sus récords, sólo querían tener la seguridad de que la vanidad de Simón no era mayor que su obediencia. Cuando le vieron bajar triste de la columna, le ordenaron inmediatamente que volviera a subir, de modo que San Simón pudo morir en su columna, cubierto por el amor y la admiración del mundo.

Olga escuchó atentamente y, al oír las últimas palabras, empezó a reírse.

–Esa terrible ansia de admiración no es ridícula, sino emocionante –dijo Bertlef–. Aquel que desea ser admirado siente apego por la gente, se siente atado a ella, no puede vivir sin ella. San Simón el Estilita está solo en el espacio, en un metro cuadrado de columna. ¡Y sin embargo está con toda la gente! Ve en su imaginación millones de ojos que se dirigen hacia él. Está presente en millones de mentes y eso le satisface. Es un gran ejemplo de amor por la gente y de amor por la vida. No sabe usted, señorita, lo vivo que está en todos nosotros Simón el Estilita. Y sigue siendo hasta hoy el polo mejor de nuestro ser.

Después llamaron a la puerta y entró el camarero llevando un carrito repleto de comida. Puso un mantel y empezó a preparar la mesa. Bertlef introdujo la mano en la caja de puros y le metió en el bolsillo un puñado de monedas. Todos se pusieron a comer, mientras el camarero permanecía tras ellos escanciándoles vino y sirviendo un plato tras otro.

Bertlef comentaba como *gourmet* el sabor de los distintos platos y Skreta dijo que ya no se acordaba de cuánto hacía que no comía tan bien.

–Creo que la última vez fue cuando mi madre aún me hacía la comida, pero entonces era yo muy pequeño. Soy huérfano desde que tenía cinco años. El mundo que me rodeaba me era extraño y también me resultaba extraña la cocina. El placer de comer aumenta con el amor por la gente.

–Así es –dijo Bertlef, cogiendo con el tenedor un trozo de carne de buey.

–A los niños abandonados les deja de gustar la comida. Créanme que aún hoy me duele no tener ni padre ni madre. Créanme que, aunque soy ya un viejo, daría cualquier cosa por tener un padre.

–Valora usted excesivamente las relaciones familiares –dijo Bertlef–. Todas las personas forman parte de su prójimo. No olvide lo que dijo Jesús cuando quisieron que se fuera con su madre y sus hermanos. Señaló a sus discípulos y dijo: Aquí están mi madre y mis hermanos.

–Sin embargo la santa Iglesia –respondió el doctor Skreta– no sintió la menor necesidad de eliminar la familia o de suplantarla por una comunidad de hombres libres.

–La santa Iglesia no es lo mismo que Jesús. Y San Pablo, si me permite decirlo, es a mi juicio tanto un continuador como un falsificador de Jesús. ¡Empezando por su repentina conversión de Saúl en Pablo! ¿No hemos conocido ya bastantes fanáticos apasionados, de esos que cambian de fe de un día para otro? ¡Que nadie me diga que a los fanáticos les guía el amor! Son moralistas que repiten sus mandamientos. Pero Jesús no fue un moralista. Recuerden lo que dijo cuando le echaron en cara que no santificaba el sábado. El sábado se ha hecho para el hombre y no el hombre para el sábado. ¡Jesús amaba a las mujeres! ¿Pueden imaginarse a Pablo como amante? San Pablo me condenaría por amar a las mujeres. Pero Jesús no. No veo nada malo en amar a las mujeres, a muchas mujeres y en ser amado por las mujeres, por muchas mujeres –Bertlef sonreía con una especial autocomplacencia–. Amigos, no he tenido una vida fácil y he mirado varias veces a la muerte cara a cara. Pero en una cosa Dios ha sido generoso conmigo. He tenido un sinnúmero de mujeres, y me han amado.

Los asistentes al banquete terminaron de comer y el camarero empezó a retirar los platos de la mesa y en ese momento se oyó que llamaban otra vez a la puerta. Era una llamada débil y tímida que parecía como si necesitase de aliento. Bertlef dijo:

–Adelante.

La puerta se abrió y entró una niña. Era una niñita de unos cinco años, con un vestidito blanco de volantes, ceñido por una cinta blanca ancha, atada atrás en un gran lazo cuyas puntas parecían dos alitas. En la mano llevaba el tallo de una flor: una gran dalia. Al ver en la habitación a tantas personas que se quedaron inmóviles mirándola, se detuvo sin atreverse a seguir avanzando.

Pero Bertlef se levantó, se le iluminó la cara y dijo:

–No tengas miedo, angelito, y ven aquí.

Y la niña también, al ver ahora la sonrisa de Bertlef, como si se apoyara en ella, sonrió y corrió en dirección hacia él. Bertlef cogió la flor que le ofrecía y la besó en la frente.

Todos los invitados y hasta el camarero observaban la escena con asombro. La niña, con el gran lazo en la espalda, parecía realmente un pequeño ángel. Y Bertlef, inclinado con el tallo de la dalia en la mano, recordaba las estatuas de los santos que hay en las plazas de las ciudades pequeñas.

–Queridos amigos –se dirigió a sus invitados–, lo he pasado muy bien con vosotros y espero que vosotros conmigo también. Me gustaría estar aquí sentado hasta bien entrada la noche, pero ya veis que no puedo. Este hermoso ángel me llama junto a alguien que me espera. Ya os he dicho que la vida me ha perseguido de muchos modos, pero las mujeres me han amado.

Bertlef tenía junto al pecho la dalia, con la otra mano tocaba el hombro de la niña y se inclinaba ante su pequeño grupo de invitados. A Olga le parecía ridículamente teatral y estaba contenta de que se marchara y ella se quedara por fin a solas con Jakub.

Bertlef se dio la vuelta y se alejó con la niña hacia la puerta. Pero antes se inclinó hacia la caja de puros y se metió en el bolsillo un buen puñado de monedas de plata.

11

El camarero colocó en el carrito los platos sucios y las botellas vacías y, cuando salió de la habitación, Olga dijo:

–¿Quién era esa niña?

–No la había visto nunca –dijo Skreta.

–Parecía realmente un angelito –dijo Jakub.

–¿Un ángel que le consigue amantes? –se rió Olga.

–Sí –dijo Jakub–. Un ángel encubridor y alcahuete. Así es como debería ser su ángel personal.

–No sé si sería un ángel –dijo Skreta–, pero lo raro es que yo no haya visto antes a esa chiquilla, a pesar de que conozco aquí a casi todo el mundo.

–En ese caso no hay más que una explicación –se rió Jakub–. No era de este mundo.

–No sé si era un ángel o la hija de la señora de la limpieza, pero de una cosa estoy segura –dijo Olga–: ¡No fue a visitar a ninguna mujer! Es un hombre terriblemente vanidoso y no hace más que presumir.

–A mí me gusta –dijo Jakub.

–Es posible –dijo Olga–, pero insisto en que es la persona más vanidosa del mundo. Apostaría a que una hora antes de nuestra visita le dio a la chiquilla un puñado de monedas de medio dólar y le pidió que viniera a determinada hora con una flor. Las personas religiosas tienen mucho sentido de la escenificación de episodios milagrosos.

–Me gustaría mucho que tuviera usted razón –dijo Skreta–, porque el señor Bertlef está muy enfermo y una noche de placer es para él un gran riesgo.

–Ya ven que yo tenía razón. ¡Todas esas cosas que decía de las mujeres no son más que frases!

–Querida señorita –dijo el doctor Skreta–, soy su médico y su amigo y sin embargo no estoy seguro de eso. No lo sé.

–¿Y está realmente tan enfermo? –preguntó Jakub.

–¿Por qué crees que vive desde hace ya casi un año en este balneario y que su joven esposa, por la que siente tanto apego, sólo viene a verle en avión de vez en cuando?

–Está esto un poco triste sin él –dijo Jakub.

En efecto, los tres se sentían de pronto como abandonados y ya no tenían ganas de permanecer en una habitación ajena.

Skreta se levantó de la silla:

–Acompañaré a la señorita Olga a casa y después daremos un paseo. Todavía tenemos mucho de que hablar.

–¡Aún no tengo ganas de dormir! –protestó Olga.

–Ya es tarde para usted. Se lo ordeno como médico –dijo Skreta en tono severo.

Después salieron del Richmond y atravesaron el parque. Por el camino Olga encontró una oportunidad para susurrarle a Jakub:

–Me gustaría estar esta noche contigo...

Pero Jakub no hizo más que encogerse de hombros, porque Skreta imponía su voluntad con mucha energía. Acompañaron a la chica al Edificio Marx, y Jakub, delante de su amigo, ni siquiera le acarició los cabellos como solía. La antipatía del doctor por los pechos que parecen ciruelas lo ponía nervioso. Vio la desilusión que reflejaba la cara de Olga y le dio pena haberla herido.

–¿Qué me dices de todo esto? –dijo Skreta cuando se quedó a solas con su amigo en el camino del parque–. Ya oíste cómo le hablé de que necesitaba un padre. Hasta una piedra se hubiera puesto a llorar de pena. Y él empieza a hablar de San Pablo. ¿Es que no es capaz de darse cuenta? Hace ya dos años que le estoy contando que soy huérfano y elogiando las virtudes del pasaporte norteamericano. Me he referido mil veces, como por casualidad, a distintos casos de adopción. Todas esas insinuaciones deberían haber dado como resultado, según mis cálculos, la idea de adoptarme.

–Está demasiado pendiente de sí mismo –dijo Jakub.

–Ése es el problema –asintió Skreta.

–Si está gravemente enfermo, no es de extrañarse –dijo Jakub, y añadió–: Si la cosa es realmente tan grave como dices.

–Aún peor –dijo Skreta–. Hace medio año tuvo un nuevo infarto muy grave y desde entonces no puede arriesgarse a emprender ningún viaje largo y vive aquí como un prisionero. Su vida pende de un hilo. Y él lo sabe.

–Ya ves –reflexionó Jakub–, por eso deberías haber comprendido hace tiempo que el método de las insinuaciones es malo, porque las insinuaciones sólo se le funden con las reflexiones que hace sobre sí mismo. Deberías expresarle tu deseo sin ninguna clase de disimulo. Seguro que te lo satisfaría, porque le gusta satisfacer. Eso responde a la imagen que tiene de sí mismo. Quiere darle felicidad a la gente.

–¡Eres un genio! –exclamó Skreta y se detuvo–. ¡Es sencillo como el huevo de Colón y es absolutamente preciso! ¡Y yo he perdido como un imbécil dos años de mi vida sólo por no darme cuenta de cómo era! ¡He perdido dos años de mi vida dando rodeos inútiles! ¡Y es culpa tuya, porque debías haberme aconsejado hace ya mucho tiempo!

–Y tu debías habérmelo preguntado hace ya mucho tiempo.

–¡Hace ya dos años que no me vienes a ver!

Los dos amigos paseaban de noche por el parque y respiraban el aire fresco de comienzos de otoño.

–¡Ya que lo he hecho padre, creo merecer que él me haga hijo! –dijo Skreta.

Jakub asintió.

–La desgracia consiste –continuó Skreta tras una larga pausa llena de reflexión– en que uno está rodeado de idiotas. ¿Tú crees que en esta ciudad hay alguien a quien pueda pedirle consejo? Las personas inteligentes viven en el más absoluto destierro. No pienso más que en eso, porque es mi especialidad: la humanidad produce una cantidad increíble de idiotas. Cuanto más tonto es un individuo, más ganas de reproducirse tiene. Los individuos perfectos sólo procrean como máximo un hijo y los mejores de todos, como tú, llegan a la conclusión de que lo mejor es no multiplicarse en absoluto. Es una catástrofe. Y yo siempre soñando con un mundo en el que el hombre no nazca rodeado de extraños, sino de hermanos.

Jakub escuchaba lo que decía Skreta y no le parecía encontrar demasiadas ideas interesantes. Skreta siguió:

–¡No lo interpretes como una frase! Yo no soy un político, sino un médico, y para mí la palabra hermano tiene un significado concreto. Hermanos son aquellos que tienen al menos un progenitor en común. Todos los hijos de Salomón, aunque procedían de cien madres distintas, eran hermanos. ¡Tiene que haber sido fantástico! ¿Qué te parece?

Jakub respiraba el aire fresco y no sabía qué decir.

–Por supuesto –continuó Skreta– que es muy difícil obligar

a la gente a tener en cuenta los intereses de sus descendientes durante el contacto sexual. Pero tampoco se trata de eso. En nuestro siglo hay que encontrar otros caminos para resolver el problema de la procreación razonable. El hombre no puede seguir mezclando permanentemente el amor y la reproducción.

Jakub estaba de acuerdo con esta idea.

–Sólo que a ti te interesa la forma de practicar el amor sin reproducción –dijo el doctor Skreta–. A mí lo que me preocupa es más bien la forma de practicar la reproducción sin amor. Quería que estuvieses al tanto de mi proyecto. Tengo en la probeta mi propio semen.

Jakub por fin empezó a prestar atención.

–¿Qué te parece?

–¡Que es excelente!

–¡Excepcional! –dijo Skreta–. De este modo he curado ya a muchas mujeres de su esterilidad. No olvides que hay muchas mujeres que no tienen hijos simplemente porque los maridos son estériles. Tengo una enorme clientela de toda la República y además durante los últimos cuatro años también me he hecho cargo de las revisiones ginecológicas de las mujeres de nuestra ciudad. Así que acercarse con la jeringa a la probeta e inyectar luego a las mujeres examinadas la materia vivificante es sencillísimo.

–¿Y cuántos hijos tienes ya?

–Lo vengo haciendo desde hace varios años, pero los datos de que dispongo son sólo aproximados. Nunca puedo estar seguro de mi paternidad, porque mis pacientes me son, digamos, infieles con sus maridos. Además se van a sus ciudades y a veces ni me entero de si el tratamiento ha dado resultado. La mejor información que tengo es de las pacientes de aquí.

Skreta se calló y Jakub cayó en una especie de ensoñación reflexiva. El proyecto de Skreta le había encantado y emocionado, porque en él reconocía a su viejo amigo, a aquel soñador incorregible:

–Tiene que ser bonito tener hijos con tantas mujeres... –dijo.

–Y todos son hermanos –añadió Skreta.

Y volvieron a caminar, respirando el aire perfumado y en silencio. Luego dijo Skreta:

–Sabes, con frecuencia me digo que, aunque hay muchas cosas que no me gustan de este país, tenemos una responsabilidad con respecto a él. Me fastidia mucho no poder viajar libremente por el mundo, pero nunca abandonaría mi patria. Y jamás hablaría mal de ella. Antes tendría que hablar mal de mí mismo. ¿Qué ha hecho cada uno de nosotros aquí para que sea mejor? ¿Qué ha hecho cada uno de nosotros para que se pueda vivir? ¿Para que sea un país donde uno se pueda sentir como en casa? Sólo que en casa... –la voz de Skreta se hizo más tierna y suave–, en casa sólo puede sentirse uno cuando está rodeado por los suyos. Y ya que dijiste que te ibas, pensé que tenía que convencerte de que participaras en mi proyecto. Tengo para ti una probeta. Tú estarás en el extranjero y mientras tanto aquí nacerán tus hijos. Y dentro de diez, dentro de veinte años, verás qué hermoso país va a ser éste.

En el cielo había una luna redonda (estará ahí hasta la última noche de nuestra historia, a la que por ese motivo podemos llamar justificadamente *historia lunar)* y el doctor Skreta acompañó a Jakub hasta el Richmond.

–No puedes irte mañana –dijo.

–Tengo que hacerlo. Me esperan –dijo Jakub, pero sabía que se iba a dejar convencer.

–Tonterías –dijo Skreta–. Estoy contento de que te guste mi plan. Mañana tenemos que estudiarlo con todo detalle.

Día cuarto

1

Cuando la señora Klima estaba a punto de salir de casa por la mañana, su marido aún estaba en cama.

–¿No tienes que irte ya? –le preguntó ella.

–Para qué andar con prisas. Tengo tiempo de sobra para esos idiotas –respondió Klima, bostezó y se dio la vuelta.

Anteayer por la noche ya le había advertido que en aquella aburrida reunión se había tenido que comprometer a apoyar a los conjuntos de aficionados y que el jueves por la noche participaría en un concierto en un balneario de montaña, con un médico y un farmacéutico que se dedicaban al jazz. Despotricó mucho, pero la señora Klima lo miraba a la cara y se daba perfecta cuenta de que tras aquellos insultos no había un disgusto sincero, porque no había ningún concierto y Klima se lo había inventado sólo para conseguir tiempo para alguna aventura amorosa. Sabía leerlo todo en su cara; no había ningún secreto del que ella no se enterase. Ahora, cuando se dio la vuelta hacia el otro lado, la señora Klima comprendió en seguida que no lo hacía porque tuviese sueño, sino para ocultar la cara ante ella e impedirle indagar.

Después se fue al teatro. Cuando, hace años, la enfermedad le arrebató las luces del escenario, le agenciaron un puesto administrativo. No estaba mal, se encontraba a diario con gente interesante y podía disponer con cierta libertad de su horario de trabajo. Se sentó a la mesa para redactar unas cuantas cartas oficiales, pero no era capaz de concentrarse en nada.

No hay nada que pueda llenar tanto a una persona como los celos. La muerte de la madre de Kamila, hace un año, fue sin duda una desgracia mayor que cualquiera de las aventuras del trompetista. Y, sin embargo, la muerte de mamá había sido menos dolorosa, aunque Kamila quería a su madre enormemente. Aquel dolor fue misericordiosamente multicolor: había en él tristeza, nostalgia, emoción, autorrecriminación (¿había cuidado suficientemente de ella?, ¿no la habría desatendido?) y serena sonrisa. Aquel dolor fue misericordiosamente disperso: los pensamientos iban del féretro de la madre a los recuerdos, a la propia infancia, incluso más allá, a la infancia de la madre, se desplazaban hacia decenas de preocupaciones prácticas, se desplazaban hacia el futuro que permanecía abierto y en el cual, como consuelo (sí, fueron un par de días excepcionales, durante los cuales él fue para ella un consuelo), se hallaba Klima.

Pero el dolor de los celos no se movía en espacio alguno, daba vueltas como un berbiquí alrededor de un solo punto. No había dispersión alguna. Si la muerte de la madre abría las puertas al futuro (un futuro distinto, más huérfano pero también más maduro), el dolor producido por la infidelidad del marido no abría futuro alguno. Todo se centraba en una única (inmutablemente presente) imagen del cuerpo infiel, en un único (inmutablemente presente) reproche. Cuando murió su madre, podía oír música, podía incluso leer; cuando tenía celos no podía hacer absolutamente nada.

Ayer mismo se le ocurrió la idea de ir al balneario y comprobar la existencia del sospechoso concierto, pero abandonó aquella idea porque sabía que a Klima le disgustaban sus celos y que no debía manifestarlos. Pero los celos corrían por dentro como un motor a toda marcha y ella no pudo hacer otra cosa que levantar el auricular del teléfono. Como disculpa se dijo que llamaba a la estación sin un objetivo preciso, por no saber qué hacer, sólo porque no podía concentrarse en la redacción de la carta oficial.

Cuando se enteró de que el tren salía a las once de la mañana, se imaginó a sí misma corriendo las calles desconocidas, buscando un cartel con el nombre de Klima, preguntando en la administración del balneario si sabían algo de un concierto en el que debía actuar su marido, enterándose de que no había tal concierto y vagando luego mísera y engañada en una ciudad extraña y vacía. Y siguió imaginándose cómo Klima, al día siguiente, le hablaría del concierto y ella le preguntaría detalles. Y tendría que mirarle a la cara, oír sus invenciones y beber con amargo placer el té envenenado de sus mentiras.

Pero en seguida se reprochó su actitud. No es posible que pase días enteros, semanas, ocupada nada más que en fisgonear y en imaginar escenas de celos. ¡Tiene miedo de perderlo y algún día lo perderá de puro miedo!

Pero otra voz respondía de inmediato con astuta ingenuidad: ¡Si no va a espiarlo! ¡Si Klima le dijo que actuaría en un concierto y ella le cree! ¡Precisamente porque ya no quiere tener celos, se toma en serio y sin sospechas sus afirmaciones! ¡Si él mismo le dijo que no tenía ganas de ir y que le horrorizaba pasar un día y una noche de aburrimiento! ¡Por eso quiere ir a verlo, nada más que para darle una agradable sorpresa! ¡Cuando Klima, al final del concierto, se incline aburrido, sufriendo al imaginar el fatigoso viaje de regreso, ella se acercará al escenario, él la verá, y ambos se echarán a reír con alegría!

Le entregó al director las cartas laboriosamente redactadas. En el teatro la apreciaban. Les gustaba que la mujer de un músico famoso supiese ser modesta y cariñosa. La tristeza que a veces irradiaba los desarmaba. No había nada que el director pudiera negarle. Ella le prometió que volvería el viernes por la tarde y que se quedaría en el teatro hasta la noche para terminar todo el trabajo.

2

Eran las diez y Olga cogió de manos de Ruzena, como todos los días, una sábana blanca grande y una llave. Luego se metió en la cabina, se quitó el vestido, lo colgó en el perchero, se vistió con la sábana como si fuera una toga antigua, cerró la cabina, le entregó la llave a Ruzena y se fue a la otra sala donde estaba la piscina. Colgó la sábana de la barandilla y bajó por la escalera hasta el agua, en la que ya estaban sumergidas muchas otras mujeres. La piscina no era grande, pero Olga estaba convencida de que la natación era imprescindible para su salud y trató de dar algunas brazadas. Al hacerlo agitó la superficie del agua y le salpicó en la boca a una señora que estaba hablando.

–¡Qué hace –le gritó a Olga furiosa–, esto no es una piscina de natación!

Las mujeres estaban sentadas al borde del estanque como ranas enormes. Olga las temía. Todas eran mayores que ella, eran más voluminosas, tenían más grasa y más piel. De modo que se sentó entre ellas humillada, flotando inmóvil y con cara de enfado.

De pronto vio, junto al umbral de la puerta, a un joven de baja estatura, con vaqueros y un suéter rotoso.

–¡Qué hace aquí ése! –gritó.

Todas las mujeres se giraron en dirección de la mirada de Olga y empezaron a reírse y a chillar.

En eso entró en la sala Ruzena y dijo:

–Han venido a filmar. Van a salir en el informativo semanal.

Las mujeres de la piscina se echaron de nuevo a reír.

–¡A quién se le ha ocurrido! –protestó Olga.

–Lo ha autorizado la dirección del balneario –dijo Ruzena.

–¡Y a mí qué me importa la dirección del balneario! ¡A mí no me ha consultado nadie! –gritó Olga.

El joven del suéter rotoso (alrededor del cuello le colgaba un aparato para medir la intensidad de la luz) se acercó a la piscina y miró a Olga con una sonrisa que a ella le pareció obscena:

–Señorita, ¡miles de personas se volverán locas cuando la vean en la pantalla!

Las mujeres respondieron con una nueva ola de risas y Olga se tapó los pechos con las palmas de las manos (lo cual no resultaba difícil, porque, como sabemos, parecían dos ciruelas) y se agachó detrás de las otras.

A la piscina se aproximaron otros dos hombres en vaqueros y el más alto de ellos dijo:

–Hagan el favor de comportarse con absoluta naturalidad, como si no estuviéramos aquí.

Olga alargó el brazo hasta la barandilla de la que colgaba su sábana. Sin salir de la piscina se la enrolló alrededor del cuerpo y trepó por la escalerilla hasta el piso de azulejos de la sala; la sábana estaba mojada y goteaba agua.

–¿Adónde coño va? –exclamó tras ella el joven del suéter rotoso.

–¡Tiene que quedarse un cuarto de hora más en la piscina! –le gritó Ruzena.

–¡Le da vergüenza! –rió a sus espaldas toda la piscina.

–¡No vaya a ser que alguien le coma sus encantos! –dijo Ruzena.

–¡Mira a la princesa! –se oyó una voz desde la piscina.

–Si alguien no quiere salir en la película, puede irse, por supuesto –dijo con voz serena el hombre alto con vaqueros.

–¡A nosotras no nos da vergüenza! ¡Somos guapísimas! –dijo riendo una señora gorda y la superficie del agua tembló de risa.

–¡Pero esa señorita no tiene por qué irse! ¡Le queda aún un cuarto de hora! –protestó Ruzena mirando a Olga que entraba obstinada en los vestuarios.

3

Nadie puede echarle en cara a Ruzena que no esté de buen humor. Pero ¿por qué le irritó tanto que Olga no quisiera que la filmasen? ¿Por qué se identificó tanto con la masa de mujeres gordas que recibieron la llegada de los hombres con chillidos de alegría?

¿Y qué motivo tenían aquellas mujeres gordas para chillar con tanta alegría? ¿No sería porque quisieran jactarse de su belleza ante los jóvenes y seducirlos?

Ni mucho menos. Su evidente desvergüenza procedía precisamente de que eran conscientes de no disponer de ninguna belleza seductora. Estaban llenas de disgusto hacia la femineidad joven y deseaban exponer sus cuerpos sexualmente inutilizables como una calumnia a la desnudez femenina. Querían torpedear vengativamente, con la repulsión de sus cuerpos, la gloria de la belleza femenina, porque sabían que los cuerpos bellos y los feos son, a fin de cuentas, iguales y que el feo ensombrece al bello, susurrándole al hombre al oído: Mira, ¡*ésta* es la verdadera realidad de ese cuerpo que te encanta! Mira esta enorme teta desinflada, ¡es lo mismo que aquel pecho que adoras con tanta ingenuidad!

La alegre desvergüenza de las gordas en la piscina era una danza necrófila alrededor de la fugacidad de la juventud y era aún más alegre porque en la piscina estaba presente, como víctima, una muchacha joven. Cuando Olga se envolvió en la sábana, vieron en ello un sabotaje a su maligna ceremonia y se enfadaron.

Pero Ruzena no era, ciertamente, ni gorda ni vieja. ¡Era incluso más guapa que Olga! ¿Por qué no se había solidarizado con ella?

Si hubiera estado decidida a abortar y creyese que la esperaba el amor de Klima, lo habría sentido todo de otro modo. El amor del hombre separa a la mujer de la masa y Ruzena hubiera sentido encantada su irrepetible individualidad. Hubiera visto en las mujeres gordas a sus enemigas y en Olga a su hermana. Se hubiera puesto de su parte como la belleza se pone de parte de la belleza, la felicidad de parte de la felicidad, el amor de parte de otro amor.

Pero la noche anterior Ruzena había dormido muy mal y había decidido que no podía creer en el amor de Klima, de modo que todo lo que la separaba de la masa resultaba ser un engaño. Lo único que tenía era aquel germen que brotaba en su vientre, defendido por la sociedad y la tradición. Lo único que tenía era lo gloriosamente genérico del destino de la mujer, que le prometía luchar por ella.

Y aquellas mujeres de la piscina, aquello era la verdadera femineidad en su sentido genérico: una femineidad de eterna procreación, de lactancia, de marchitamiento, una femineidad que se ríe de ese instante huidizo en el que la mujer cree que es amada y siente que es una personalidad irrepetible.

Entre una mujer que cree que es irreemplazable y unas mujeres que se han vestido con el sudario del papel genérico de la mujer, no hay reconciliación. Tras una noche llena de reflexión (¡pobre trompetista!), Ruzena se puso de parte de las segundas.

4

Jakub iba al volante y, a su lado, sentado en el asiento delantero, estaba *Bobes,* que a cada rato torcía la cabeza y lo lamía. Tras las últimas casas bajas de la villa se erguían algunos edificios de muchas plantas. Hacía un año no estaban y a Jakub le parecían horrorosos. Se elevaban en medio del paisaje verde como escobas en una maceta. Jakub acarició a *Bobes* que observaba contento el paisaje y pensó que Dios había sido compasivo con los perros al no poner en sus cabecitas el sentido de la belleza.

El perro volvió a lamerle (quizás advirtió que Jakub pensaba constantemente en él) y Jakub se dijo que su país no evolucionaba ni a mejor ni a peor, sino a cada vez más ridículo: él había vivido aquí, en otros tiempos, la persecución contra los hombres y ayer había visto la persecución contra los perros, como si hubiese sido exactamente la misma representación con otro reparto. En lugar de los interrogadores y los guardias actuaban los jubilados y, en lugar de los políticos detenidos, un bóxer, un perro pachón y otro callejero.

Recordó que años antes sus vecinos habían encontrado en la capital, ante la puerta de su casa, al gato con unos clavos atravesándole los ojos, la lengua cortada y las patitas atadas. Los niños de la calle jugaban a ser mayores. Jakub volvió a acariciar la cabeza de *Bobes* y aparcó el coche delante del restaurante.

Cuando bajaron, supuso que el perro echaría a correr con alegría hacia la puerta de su casa. En cambio, *Bobes* daba saltos alrededor de Jakub queriendo jugar. Pero en aquel momento se oyó gritar *¡Bobes!*, y el perro corrió hacia una mujer que estaba en el umbral.

–Eres un vagabundo incorregible –dijo y le preguntó si hacía mucho tiempo que el perro le daba la lata.

Cuando le respondió que había pasado la noche con el perro y que lo había traído ahora en coche, la mujer manifestó en voz muy alta su agradecimiento e inmediatamente le invitó a entrar. Le hizo sentar en una habitación especial, en la que probablemente tenían lugar los banquetes reservados de antemano y fue a llamar a su marido.

Al cabo de un rato volvió con un hombre joven que se sentó frente a Jakub y le dio la mano:

–Debe ser usted una persona muy amable para haber venido hasta aquí especialmente para traer a *Bobes*. Es tonto perdido y siempre anda dando vueltas por ahí. Pero nosotros lo queremos. ¿Le apetece comer algo?

–Pues sí –dijo Jakub y la mujer corrió a la cocina.

Entonces Jakub contó cómo había salvado a *Bobes* de la jauría de jubilados.

–¡Hijos de puta! –exclamó el hombre, e inmediatamente gritó en dirección a la cocina–: ¡Vera! ¡Ven! ¿Has oído lo que hacen ahí abajo esos hijos de puta?

Vera entró en el salón con una bandeja encima de la cual humeaba la sopa. Se sentó y Jakub tuvo que volver a contar la historia del día anterior. El perro estaba tendido bajo la mesa y dejaba que le rascaran detrás de las orejas.

Cuando Jakub terminó de tomar la sopa, el que se levantó fue el hombre, entró en la cocina y trajo un asado de cerdo.

Jakub estaba sentado junto a la ventana y se encontraba a gusto. Mientras el hombre maldecía a los de abajo (a Jakub le fascinaba que el hombre considerase su restaurante cono un lugar arriba, como un Olimpo, como la sede de la distancia y la visión) su mujer trajo de la mano a un niño de dos años.

–Dale las gracias al señor –dijo–, te trajo a *Bobes*.

El niño balbuceó unas cuantas palabras incomprensibles y le sonrió a Jakub. Afuera brillaba el sol y las hojas doradas se inclinaban pacíficamente sobre la ventana. Reinaba el silencio, el restaurante estaba muy por encima del mundo y en él había paz.

Aunque no quería multiplicarse, a Jakub le gustaban los niños.

–Tienen un crío muy simpático –dijo.

–Es muy gracioso –dijo la mujer–. No sé a quién habrá salido con esa narizota tan grande.

A Jakub le vino a la mente la nariz de su amigo y dijo:

–Me contó el doctor Skreta que la había atendido.

–¿Conoce usted al doctor? –dijo con alegría el hombre.

–Es amigo mío –dijo Jakub.

–Le estamos muy agradecidos –dijo la joven mamá y Jakub

pensó que éste debía ser uno de los éxitos del proyecto eugenésico de Skreta.

–No es un médico, es un mago –dijo el hombre con admiración.

A Jakub se le ocurrió que los tres parecían en aquel ambiente pacífico, semejante a Belén, la *Sagrada Familia* y que tampoco el hijo que tenían provenía de un padre humano, sino del Dios-Skreta.

El niño narigudo volvió a balbucear unas cuantas palabras incomprensibles y el joven le miró con amor.

–No puedes saber –dijo después a su mujer– cuál de tus parientes lejanos era narigudo.

Jakub se rió. Se le había ocurrido una curiosa pregunta: ¿Habría el doctor Skreta dejado embarazada también a su propia Mimí con la ayuda de la jeringa?

–¿No es verdad? –se rió el joven padre.

–Claro –dijo Jakub–. Es un gran consuelo pensar que, cuando ya estemos hace tiempo en la tumba, nuestra nariz seguirá andando por el mundo.

Todos se rieron y la idea de que Skreta fuera el padre de la criatura ya no le parecía a Jakub más que un caprichoso sueño.

5

Frantisek cogió el dinero que le daba la señora a la que acababa de arreglarle la nevera. Salió de la casa, subió a su fiel motocicleta y se dirigió a las afueras de la ciudad a entregar las cuentas del día a la oficina que dirigía los servicios de reparaciones de todo el distrito. Eran poco más de las dos de la tarde cuando terminó su trabajo. Volvió a poner en marcha la moto y fue hacia el balneario. En el aparcamiento vio el automóvil blanco. Aparcó la moto a su lado y se encaminó por el paseo hacia el Centro Cultural, porque suponía que allí podía estar el trompetista.

No lo impulsaba la insolencia ni la agresividad. Ya no tenía ganas de montar un escándalo. Al contrario, estaba decidido a renunciar, a someterse, a rendirse. Se decía a sí mismo que su amor era tan grande que por él estaba dispuesto a soportarlo todo. Del mismo modo en que por la princesa el príncipe soporta en las fábulas todos los padecimientos y las fatigas, lucha con el dragón y atraviesa a nado el océano, también él está preparado para sobrellevar humillaciones inmensas, fabulosas.

¿Por qué es tan humilde? ¿Por qué no prefiere elegir otra chica, habiendo tantas como hay en el balneario? Frantisek es más joven que Ruzena, es, por tanto, para su desgracia, jovencísimo. Cuando madure, sabrá lo efímeras que son las cosas, sabrá que tras el horizonte de una mujer se abre en seguida el horizonte de otras mujeres. Sólo que Frantisek aún no sabe qué es el tiempo. Vive desde la infancia en un mundo que permanece y no cambia, vive en una especie de eternidad inmóvil, tiene siempre el mismo padre y la misma madre, y Ruzena, que lo ha hecho hombre, lo cubre como la bóveda celeste, la única bóveda celeste posible. No puede imaginarse la vida sin ella.

Ayer le prometió, obediente, que no iba a espiarla, y estaba realmente decidido a evitarla hoy. Pero pensó que sólo le interesaba el trompetista y que, si lo seguía a él, no faltaría a su promesa. Claro que al mismo tiempo sabía que no era más que una excusa y que Ruzena le hubiera reprochado su comportamiento, pero aquello era dentro de él más fuerte que cualquier reflexión o decisión, era fuerte como una drogadicción: tenía que verle; tenía que verle, de nuevo, despacio y de cerca. Tenía que mirar cara a cara su padecimiento. Tenía que observar su cuerpo, cuya unión con el cuerpo de Ruzena le parecía inimaginable e increíble. Tenía que mirarle como si con los ojos pudiera comprobar si sus cuerpos eran unibles o no.

En el escenario ya estaban tocando: el doctor Skreta la batería, otro hombrecillo delgado el piano y Klima la trompeta. En las sillas de la sala estaban sentados unos cuantos muchachos jóvenes, aficionados al jazz, que se habían colado para presenciar el ensayo. Frantisek no tenía por qué temer que se descubriera el motivo de su presencia. Estaba seguro de que el trompetista, deslumbrado por la luz de la moto, no le había visto la cara el martes, y nadie más sabía casi nada de sus relaciones con Ruzena, gracias a la cautela de la chica.

El trompetista dejó de tocar y se sentó al piano para indicarle al hombrecillo delgado un pasaje que quería tocar con otro ritmo. Y Frantisek estaba sentado en una de las sillas de atrás y se iba convirtiendo lentamente en una sombra que ese día no abandonaría al trompetista ni por un momento.

6

Regresaba del restaurante del bosque y le daba lástima que a su lado no estuviese sentado el alegre perro, lamiéndole a cada rato la cara. E inmediatamente después pensó que era un milagro que hubiese conservado libre aquel sitio a su lado durante los cuarenta y cinco años de su vida, de modo que ahora podía irse de este país fácilmente, sin equipaje, sin cargas, solo, con una falsa (y sin embargo hermosa) apariencia de juventud, como un estudiante que empieza a edificar su futuro.

Trataba de ocupar su cabeza con la conciencia de que abandonaba la patria. Trataba de recordar su vida pasada. Trataba de verla como el amplio paisaje que observaba con nostalgia, un paisaje lejano hasta el vértigo. Pero no lo lograba. Lo que conseguía ver tras de sí era de escaso tamaño, aplastado como un acordeón cerrado. Le costaba un gran esfuerzo hacer memoria de algunos fragmentos de recuerdos que pudieran unirse en una especie de ilusión de destino vivido.

Miraba los árboles a su alrededor. Sus hojas eran verdes, rojas, amarillas y castañas. Los bosques parecían un incendio. Se dijo que se marchaba en unos días en que los bosques ardían, y su vida y sus recuerdos se consumían en aquellas llamas maravillosas y despiadadas. ¿Debía sufrir por no sufrir? ¿Debía quizá sentir nostalgia por no sentir nostalgia?

No sentía nostalgia, pero tampoco tenía ganas de apresurarse. Según había acordado con sus amigos extranjeros, en este momento debía estar cruzando la frontera, pero sentía que volvía a apoderarse de él una especie de pereza dubitativa que era motivo habitual de bromas entre sus amigos, porque le atacaba precisamente en los momentos que requerían una actuación decidida y precisa. Sabía que hasta el último momento iba a decir que tenía que irse hoy mismo, pero al mismo tiempo se daba cuenta de que desde la mañana hacía todo lo posible por postergar su partida de este agradable balneario, al que iba desde hacía años a visitar a su amigo, a veces con pausas muy prolongadas, pero siempre de buen grado.

Aparcó el coche (sí, allí donde estaban el coche blanco del trompetista y la moto roja de Frantisek) y entró en el bar, donde tenía media hora más tarde una cita con Olga. Le gustó la mesa del fondo, junto a la ventana, desde la cual se veían los encendidos árboles del parque, pero lamentablemente en aquel momento estaba sentado allí un joven de unos treinta años. Jakub eligió la mesa contigua. Desde allí no veía los árboles, pero en cambio le llamó la atención el aspecto del joven, que estaba evidentemente nervioso, no dejaba de mirar hacia la puerta y golpeaba permanentemente el suelo con la pierna.

7

Por fin entró ella. Klima saltó de la silla, fue a su encuentro y la condujo hasta la mesa de la ventana. Le sonrió como si con aquella sonrisa quisiera decirle que lo que habían acordado seguía en pie, que los dos estaban tranquilos y serenos y confiaban el uno en el otro. Buscó en la expresión de la cara de la chica una respuesta afirmativa, pero no la encontró. Aquello le puso nervioso. Tenía miedo de hablar de lo que estaba pensando e inició con la chica una conversación trivial que pretendía crear una atmósfera distendida. Pero sus palabras chocaban contra el silencio de ella como contra un acantilado.

Y entonces, de pronto, le interrumpió:

–He tomado otra decisión. Sería un crimen. Tú serás capaz de hacerlo, pero yo no.

Todo se derrumbó, en ese momento, dentro del trompetista. Miraba mudo a Ruzena y no tenía nada que decirle. No encontraba dentro de sí más que un cansancio desesperante. Y Ruzena repitió:

–Sería un crimen.

La miraba y le parecía irreal. Esta mujer, cuyo aspecto ni siquiera era capaz de recordar cuando estaba lejos de ella, se le presentaba ahora como una condena de por vida. (Al igual que todos nosotros, Klima también consideraba real únicamente aquello que llega a nuestra vida desde dentro, gradual, orgánicamente, mientras que a lo que llega desde fuera, inesperada y casualmente, lo veía como si fuera una invasión de lo irreal. Por desgracia no hay nada más real que esta irrealidad.)

Después apareció el camarero que ya anteayer había reconocido al trompetista. Traía dos coñacs en la bandeja y les dijo con familiaridad:

–Espero haber adivinado sus deseos –y a Ruzena le dijo lo mismo que la otra vez–: ¡Ten cuidado! Todas la chicas te van a arrancar los ojos –y se rió mucho.

Esta vez Klima estaba demasiado absorto en su terror y no prestó atención a las palabras del camarero. Tomó un trago de coñac y se inclinó hacia Ruzena:

–Pero, por favor. Si ya estábamos de acuerdo. Lo habíamos aclarado todo. ¿Por qué has cambiado de pronto de idea? Estabas de acuerdo con que necesitamos primero dedicarnos unos años a nosotros mismos, Ruzena. Lo hacemos sólo por nuestro amor y para que tengamos juntos un hijo cuando realmente los dos queramos tenerlo.

8

Jakub reconoció de inmediato a la enfermera que ayer quería entregar a *Bobes* a los viejos. La miraba fijamente y tenía mucho interés en saber de qué hablaba con el joven. Pero no entendía ni una palabra, sólo veía que la conversación estaba llena de tensión.

En seguida se notó que el joven había recibido una mala noticia. Tardó un rato en ser capaz de volver a hablar. En su expresión podía leerse que le pedía algo a la chica y trataba de convencerla. Pero la chica permanecía obstinadamente en silencio.

A Jakub le dio la impresión de que estaba en juego la vida de alguien. Seguía viendo en la muchacha rubia a *aquella que está dispuesta a sostenerle la víctima al verdugo* y no dudó ni un instante que el joven estaba de parte de la vida y ella de parte de la muerte. El joven quiere salvarle la vida a alguien, pide ayuda, pero la rubia se niega y alguien va a morir por su culpa.

Y después se fijó en que el joven dejaba de insistir, sonreía e incluso acariciaba la cara de la chica. ¿Se habrán puesto de acuerdo? De ninguna manera. El rostro que estaba bajo los cabellos amarillos miraba obstinadamente hacia lo lejos, evitando encontrarse con la mirada del joven.

Jakub era incapaz de alejar la vista de aquella chica, a la que desde ayer no podía ver más que como ayudante del verdugo. Su rostro era bello y vacío. Lo bastante guapo como para atraer a los hombres y lo bastante vacío como para que en él se perdiesen todas las súplicas de los hombres. Era también un rostro orgulloso y a Jakub se le ocurrió que no estaba orgullosa de su belleza, sino precisamente de su vaciedad.

A Jakub le pareció que en aquella cara habían venido a verle otras miles de caras que conocía muy bien. Le pareció que toda su vida no era más que un diálogo ininterrumpido precisamente con esa cara. Cuando intentaba explicarle algo, esa cara miraba ofendida hacia otro lado, a sus argumentos respondía hablando de otra cosa, cuando le sonreía le echaba en cara su frivolidad, cuando pedía algo le acusaba de adoptar una postura de superioridad, esa cara, que no entendía nada y lo decidía todo, esa cara vacía como un desierto y orgullosa de su desierto.

Pensó que hoy la veía por última vez, para mañana abandonar su reino.

9

Ruzena también advirtió la presencia de Jakub y le reconoció. Sentía su mirada fija en ella y eso la ponía nerviosa. Le pareció que se hallaba rodeada por dos hombres que estaban unidos en secreto, rodeada por dos miradas que le apuntaban como los cañones de dos armas.

Klima repetía sus argumentos y ella no sabía qué contestar. Por eso prefirió convencerse rápidamente de que, cuando se trata de un niño que va a venir, la razón no tiene nada que hacer y los únicos que tienen derecho a hablar son los sentimientos. Apartó en silencio la cara del alcance de las dos miradas y se puso a contemplar el paisaje desde la ventana. Gracias a cierto grado de concentración, crecía en ella mientras tanto el sentimiento herido de una amante y una madre incomprendidas, y tomaba cuerpo como una masa que fermenta. Pero como no sabía expresarlo con palabras, lo dejaba salir por los ojos, fijos constantemente en el mismo punto del parque de enfrente.

Sólo que precisamente en aquel sitio al que miraba como atontada vio de pronto una figura conocida y se asustó. En ese momento ya no oía nada de lo que le contaba Klima. Era ya la tercera mirada que le apuntaba como el cañón de un arma, pero ésa era la más peligrosa. Porque Ruzena, desde el comienzo (es decir desde hacía unas semanas), no estaba del todo segura de quién era el causante de su futura maternidad. Y parecía bastante más probable que fuese aquel que ahora la espiaba, escondido a medias tras un árbol del parque. Eso fue al principio, porque luego se fue inclinando cada vez más hacia la idea de que el trompetista era quien la había dejado embarazada, hasta que al final decidió que había sido él, con total seguridad. Entendámoslo bien: no pretendía mentir para adjudicarle el embarazo. En su decisión no eligió la mentira, sino la verdad. Decidió que así había sido *de verdad.*

Además, la maternidad es algo tan sagrado que le parecía imposible que su causante hubiese sido alguien a quien casi despreciaba. No había sido una conclusión lógica, sino una especie de iluminación suprarracional lo que la había convencido de que sólo había podido quedarse embarazada de alguien que le gustaba, que le interesaba y a quien veía con admiración. Pero cuando después oyó en el auricular del teléfono que aquel a quien había designado padre de su hijo estaba atónito, asustado y se negaba a asumir su misión de padre, todo quedó decidido, porque a partir de ese momento ya no sólo estaba segura de tener razón, sino también preparada a luchar por defenderla.

Klima calló y le acarició la cara a Ruzena. Ella interrumpió sus reflexiones y vio la sonrisa de él. Le decía que deberían ir otra vez a dar un paseo en coche por las afueras de la ciudad, porque aquella mesa los separaba como una pared helada.

Ruzena se asustó. Frantisek seguía detrás del árbol y miraba hacia la ventana del bar. ¿Y si se les vuelve a echar encima al salir? ¿Y si vuelve a hacer una escena como el martes?

–Cóbreme dos coñacs –le estaba diciendo Klima al camarero.

Ruzena sacó del bolso un tubo de cristal.

El trompetista le dio al camarero un billete y rechazó generosamente el cambio.

Ruzena abrió el tubo, dejó caer una tableta en la mano y se la tragó con rapidez.

Cerró el tubo y el trompetista se volvió nuevamente hacia ella y la miró a la cara. Acercó sus manos a las de ella, así que Ruzena dejó el tubo y aceptó el contacto de sus dedos.

–Ven, vamos –dijo Klima y ella se levantó.

Vio la mirada de Jakub, fija y desabrida, y apartó rápidamente los ojos.

Cuando salieron a la calle, miró con angustia hacia el parque, pero Frantisek ya no estaba allí.

10

Jakub se incorporó, cogió el vaso de vino que aún no había terminado de beber y se sentó en la mesa libre. Miró con satisfacción por la ventana los rojizos árboles del parque y volvió a decirse que aquello era un incendio en el que él quemaba los cuarenta y cinco años que hasta entonces había vivido. Después su mirada se deslizó hacia la mesa y vio, junto al cenicero, el delgado tubo de cristal que había quedado olvidado. Lo cogió y lo examinó: llevaba escrito el nombre de un medicamento que desconocía y, añadido a lápiz, *tres veces al día.* Las tabletas que había dentro eran de color azul pálido. Aquello le pareció curioso.

Eran sus últimas horas en la patria, de modo que todos los acontecimientos irrelevantes adquirían una significación excepcional y se convertían en un teatro de alegorías. ¿Qué quiere decir, pensó, esto de que precisamente hoy alguien me deje en la mesa un tubo de pastillas azul pálido? ¿Y por qué me las deja precisamente esta mujer, la Heredera de las persecuciones políticas y la Asistenta del verdugo? ¿Quiere decirme con ello que aún no han dejado de ser necesarias las tabletas azul pálido? ¿O quiere con el recuerdo del veneno manifestarme su odio eterno? ¿O quiere decirme que mi partida de este país es una abdicación, la misma que se produciría si me tomase la tableta azul pálido que llevo en el bolsillo?

Se llevó la mano al bolsillo, sacó el papel retorcido y lo desenvolvió. Al volver a mirar su tableta, le pareció que tenía un tono un tanto más oscuro que las píldoras del tubo olvidado. Lo abrió y dejó caer una tableta en la mano. Sí, la suya era un poco más oscura y más pequeña. Metió las dos tabletas en el tubo. Al verlas ahora, no se apreciaba a primera vista diferencia alguna entre ellas. Sobre las inocentes tabletas destinadas probablemente a la más corriente de las alteraciones de la salud yacía la muerte enmascarada.

En ese momento Olga se acercó a la mesa. Jakub cerró rápidamente el tubo, lo puso junto al cenicero y se levantó para saludar a su amiga.

–¡Acabo de ver al famoso trompetista Klima! ¿Es posible? –dijo de corrido mientras se sentaba frente a Jakub–. ¡Iba con esa tía espantosa! ¡Lo que me ha hecho pasar hoy en la piscina!

Pero en ese instante se interrumpió porque Ruzena se detuvo junto a la mesa y dijo:

–He dejado aquí mis pastillas.

Antes de que Jakub hubiese tenido tiempo de responderle, Ruzena vio el tubo junto al cenicero y estiró el brazo para cogerlo.

Pero Jakub fue más rápido y lo cogió antes.

–¡Démelo! –dijo ella.

–Quisiera pedirle un favor –dijo Jakub–. ¿Podría coger una tableta?

–Oiga, no tengo tiempo...

–Es que tomo el mismo medicamento y...

–No soy una farmacia ambulante –dijo Ruzena.

Jakub trató de abrir la tapa del tubo pero, antes de que pudiera hacerlo, Ruzena intentó cogérselo. Jakub apretó rápidamente el tubo con la mano.

–¿Qué hace? ¡Deme esas pastillas! –gritó.

Jakub la miró a los ojos y luego abrió lentamente la mano.

11

Mientras oía el traqueteo de las ruedas se puso a pensar en lo absurdo de aquel viaje. Sabe con seguridad que su marido no está en el balneario. Entonces, ¿para qué va? ¿Cuatro horas de tren sólo para enterarse de lo que sabe de antemano y volver? Pero lo que la impulsaba no era un propósito racional. Era el motor que estaba dentro de ella y giraba y giraba y no era posible detenerlo.

(Sí, en ese preciso instante, Frantisek y Kamila han sido lanzados al espacio de nuestra historia como dos proyectiles dirigidos –¿qué clase de dirección es ésta?– por los ciegos celos.)

Las comunicaciones entre la capital y el balneario no son particularmente buenas y la señora Klima tuvo que cambiar tres veces de tren antes de llegar cansada a la idílica estación, llena de anuncios que recomendaban las fuentes termales y el milagroso barro. Iba por la alameda desde la estación hasta el balneario cuando se fijó en un cartel pintado a mano con el nombre de su marido en color rojo. Se detuvo sorprendida y leyó, debajo del nombre de su marido, los nombres de otros dos hombres. No se lo podía creer: ¡Klima no le había mentido! Era exactamente tal como se lo había dicho. Durante unos segundos sintió una enorme alegría, la sensación de la confianza perdida desde hacía tanto tiempo.

Pero la alegría duró poco, porque de inmediato se dio cuenta de que la existencia del concierto no demostraba la fidelidad de su marido. Seguramente aceptó actuar en ese balneario perdido porque quería encontrarse aquí con alguna mujer. Y de pronto se dio cuenta de que todo era peor de lo que se había imaginado y de que había caído en una trampa:

Había venido para comprobar que su marido no estaba aquí y, de ese modo, demostrar (¡una vez más, ya lo había hecho tantas veces!) *indirectamente* su infidelidad. Pero ahora la situación había cambiado: no descubrirá *indirectamente* su mentira, sino (de un modo del todo *directo* y visible) su infidelidad. Y queriendo o sin querer, verá a la mujer con la que Klima pasa hoy el día. Aquella idea hizo que casi le temblaran las rodillas. Hacía tiempo que estaba segura de que lo *sabía* todo, pero hasta ahora, a decir verdad, no sabía nada, sólo creía saber, y a esta convicción le otorgaba el valor de una seguridad. Creía en su infidelidad como el cristiano cree en la existencia de Dios. Sólo que el cristiano cree en Dios con la plena seguridad de que nunca lo verá. Al pensar que hoy vería a Klima con otra mujer, sintió el mismo pánico que sentiría un cristiano si Dios le llamase por teléfono para decirle que iría a su casa a almorzar.

La angustia le oprimió todo el cuerpo. Pero entonces oyó que pronunciaban su nombre. Se dio la vuelta y vio a tres jóvenes en medio de la alameda. Llevaban vaqueros y jerséis, y se diferenciaban por su aspecto bohemio de la aburrida prolijidad con la que iban vestidos los demás huéspedes que recorrían el paseo. Le sonrieron.

–¡Hola! –les respondió.

Eran de los estudios de cine, amigos a los que conocía de cuando aún actuaba ante el micrófono en los escenarios.

El más alto de ellos, el director, la cogió en seguida del brazo:

–Sería estupendo pensar que has venido a vernos a nosotros, sólo por nosotros...

–En cambio ha venido a ver a un simple marido... –dijo con tristeza su asistente.

–Qué mala suerte –dijo el director–. A la mujer más guapa de la capital un trompetista la tiene encerrada en una jaula y hace años que no se la ve...

–Coño –dijo el cámara (el jovencito del suéter rotoso)–, vamos a celebrarlo.

Pensaban que le dedicaban su locuaz admiración a una reina esplendorosa que la arrojaría inmediatamente, sin prestarles atención, a un cesto lleno de regalos abandonados. Y ella, en cambio, aceptó agradecida sus palabras como una muchacha inválida que se apoya en un brazo bienhechor.

12

Olga hablaba y Jakub pensaba en que le había entregado a una mujer desconocida un veneno y en que ella podía tomarlo en cualquier momento.

Había ocurrido de pronto, había ocurrido antes de que tuviese tiempo de darse cuenta. Había ocurrido todo sin que tuviera conciencia de ello.

Olga seguía hablando llena de indignación y Jakub se justificaba ante sí mismo, diciéndose que no había querido darle el tubo, que había sido ella misma quien le había obligado.

Pero en cuanto lo hubo dicho, se dio cuenta de que era una excusa barata. Podía haber hecho frente al atrevimiento de ella con el suyo propio, sacar tranquilamente la primera tableta y metérsela en el bolsillo.

Y ya que no había tenido la suficiente presencia de ánimo y no lo había hecho, podía haber corrido tras ella y haberle confesado que en el tubo había una tableta de veneno. No era nada difícil explicarle lo que había pasado.

En cambio, se queda sentado y mira a Olga que está hablando de algo. Debería levantarse y correr tras aquella enfermera. Todavía está a tiempo. Y, por supuesto, está obligado a hacer todo lo necesario para salvarle la vida. Entonces, ¿por qué se queda sentado y no se mueve?

Olga seguía hablando y él estaba asombrado de ver que se quedaba sentado y no se movía.

Tomó la decisión de levantarse de inmediato e ir a buscarla. Pensó cómo explicarle a Olga que tenía que irse. ¿Debe contarle lo que ha pasado? Se dio cuenta de que no se lo podía contar. ¿Y si la enfermera se toma el veneno antes de que él la alcance? Olga no puede enterarse de que Jakub es un asesino. Y aunque la alcanzase a tiempo, ¿cómo iba a justificar ante Olga el haber dudado tanto tiempo? ¿Cómo le iba a explicar el haberle entregado el tubo a aquella mujer? ¡Ahora, aunque sólo fuese por el breve plazo que lleva aquí sentado sin hacer nada, tiene que parecer un asesino a los ojos de cualquier observador!

No, no se lo puede confesar a Olga, pero ¿qué decirle? ¿Cómo justificar que de pronto se levante de la mesa y salga corriendo? ¿Pero qué importancia tiene lo que le diga? ¿De qué tonterías se ocupa? ¿Acaso importa, en un asunto de vida o muerte, lo que Olga piense?

Sabía que sus reflexiones estaban totalmente fuera de lugar y que cada segundo de indecisión aumentaba el peligro que acechaba a la enfermera. Sí, ya es tarde. En el tiempo que lleva sin decidirse ya se ha alejado tanto del bar que no sabría en qué dirección ir a buscarla. ¿Acaso sabe hacia dónde fueron? ¿En qué dirección iría a buscarla?

Pero en seguida se convenció de que aquello no era más que otra excusa. Sería difícil encontrarlos, pero no era imposible. ¡No es tarde para hacer algo, pero tiene que actuar de inmediato si no quiere que sea tarde!

–Hoy he tenido un mal día desde la mañana –dijo Olga–. Me quedé dormida, llegué tarde al desayuno, no me lo quisieron dar, en la Casa de Baños estaban esos idiotas del cine. Y tengo tantas ganas de que hoy sea un día bonito, ya que estoy contigo por última vez. No te imaginas lo importante que es para mí. Jakub, ¿tú sabes lo importante que eres para mí?

Se inclinó por encima de la mesa y le cogió la mano.

–No temas, no hay motivo para que tengas un mal día –le dijo con dificultad, porque era incapaz de concentrarse en su presencia.

Una especie de voz le recordaba permanentemente que la enfermera llevaba el veneno en el bolso y que él decidía acerca de su vida y su muerte. Aquella voz era impertinentemente constante y, sin embargo, extrañamente débil, como si sonase desde una profundidad excesivamente profunda.

13

Klima iba con Ruzena por una carretera que atravesaba el bosque y comprobaba que el paseo en aquel coche lujoso no funcionaba esta vez, ni mucho menos, a su favor. Ruzena no dejaba que la sacase de su terca inaccesibilidad, de modo que el trompetista permaneció en silencio durante mucho tiempo. Cuando el silencio se hizo ya demasiado pesado, dijo:

–¿Vendrás al concierto?

–No sé –respondió.

–Tienes que venir –dijo y la actuación de la noche se convirtió en pretexto para una conversación que los alejó por un momento de aquella disputa.

Klima trató de hacer alguna broma sobre el médico que tocaba la batería y mientras tanto tomó la decisión de posponer el combate final con Ruzena para la noche.

–Me gustaría que me esperases después del concierto –dijo–. Como la última vez que toqué aquí...

Al terminar de pronunciar estas últimas palabras se dio cuenta de su significado. *Como la última vez* significaba que después del concierto harían el amor. Dios mío, ¿cómo no había contado para nada con esa posibilidad?

Es curioso, pero hasta entonces no se le había pasado por la cabeza que pudiera acostarse con ella. Su embarazo la había desplazado silenciosa e inadvertidamente hacia la esfera extrasexual de la angustia. Había decidido, en efecto, que tenía que ser tierno con ella, que debía besarla y acariciarla, y así lo hacía con toda dedicación, pero como simple ademán, como un signo vacío, sin que el cuerpo pusiera en ello interés alguno.

Ahora que lo pensaba, llegaba a la conclusión de que la falta de interés por el cuerpo de Ruzena había sido el mayor error que había cometido en estos días. Sí, ahora lo tenía completamente claro (y se enfadaba con los amigos que le habían aconsejado por no habérselo advertido): ¡es imprescindible que se acueste con ella! Aquel repentino alejamiento con el que la chica se recubría y que él no era capaz de traspasar era producto de que sus cuerpos permanecían alejados. Al rechazar al hijo, a la flor de sus entrañas, rechazaba de un modo insultante su cuerpo grávido. Por eso debería manifestar un interés tanto mayor por su cuerpo no grávido. Debía enfrentar a su cuerpo no preñado contra su cuerpo preñado y encontrar en él a su aliado.

Al tomar conciencia de todo aquello, sintió en su interior una nueva esperanza. Cogió a Ruzena del hombro y se inclinó hacia ella:

–Me destroza el corazón que discutamos los dos. ¿Sabes una cosa? Ya se resolverá todo de alguna manera. Lo principal es que estemos juntos. No dejaremos que nadie nos prive de esta noche y será una noche tan hermosa como la otra vez.

Cogía el volante con una mano, con la otra se abrazaba a su hombro y de pronto le pareció que en algún lugar lejano en sus profundidades se despertaba el deseo de ver su piel desnuda, y eso le llenó de alegría, porque aquel deseo era capaz de brindarle el único idioma común en el que podían entenderse.

–¿Y dónde nos veremos? –le preguntó ella.

Klima se dio cuenta de que todo el balneario sabría con quién se había marchado después del concierto. Pero no había escapatoria:

–En cuanto termine, ven a buscarme detrás del escenario.

14

Mientras Klima se daba prisa por llegar otra vez al Centro Cultural para ensayar por última vez *Saint Louis Blues* y *The Saints Go Marching in,* Ruzena miró detenidamente a su alrededor. Hacía un momento, mientras iba en el coche, lo había visto varias veces por el espejo retrovisor, siguiéndolos desde lejos con la moto. Pero ahora no lo veía por ningún lado.

Se sentía como una persona acosada, perseguida por el tiempo. Sabía que de aquí a mañana tenía que saber lo que quería, y no sabía nada. En todo el mundo no había un alma en quien confiar. Su propia familia le era ajena. Frantisek la amaba y precisamente por eso no confiaba en él (como la cierva no confía en el cazador). En Klima no confiaba, como el cazador no confía en la cierva. Con sus compañeras tenía amistad, pero tampoco creía del todo lo que ellas le decían (como el cazador no confía en sus compañeros de caza). Iba por la vida sola, y en los últimos meses con una especie de extraño compañero que se había encontrado en las entrañas, del cual unos decían que era su mayor felicidad y otros precisamente lo contrario, y con el que ella misma no tenía relación alguna.

No sabía. Estaba hasta la coronilla de no saber. No era más que no saber. No sabía ni adónde iba.

Pasaba junto al restaurante Slavie, el peor establecimiento del balneario, un local sucio al que la gente de allí iba a beber cerveza y a escupir en el suelo. Antaño había sido quizás un buen local y de aquella época habían quedado, en un pequeño jardín delantero, tres mesas de madera con sus sillas, pintadas de rojo (pero ya descascarilladas), recuerdo de la alegría burguesa de las bandas de música en el jardín, de los bailes y las sombrillas de las damas apoyadas en las sillas. Pero ¿qué sabía de aquellos tiempos Ruzena, que iba por la vida únicamente a través del estrecho puentecillo del presente, sin ninguna clase de memoria histórica?

No podía ver la sombra de la sombrilla rosada, que se proyecta hasta aquí desde la lejanía del tiempo y sólo veía a tres hombres con vaqueros, una mujer hermosa y una botella de vino en medio de la mesa vacía.

Uno de los hombres la llamó. Se giró y reconoció al cámara del suéter rotoso.

–Venga con nosotros –la llamó.

Obedeció.

–Esta chica encantadora nos ha permitido rodar una pequeña película pornográfica –dijo el cameraman presentándole a Ruzena a una mujer que le dio la mano y pronunció su nombre de una forma ininteligible.

Ruzena se sentó junto al cámara, quien puso una copa delante de ella y le sirvió vino.

Ruzena se sentía agradecida de que por fin pasase algo. De no tener que pensar adónde ir y qué hacer. De no tener que decidir si debía quedarse con el crío o no.

15

Por fin se decidió a hacer algo. Le pagó al camarero y le dijo a Olga que se marchaba y que la vería antes del concierto.

Olga le preguntó qué tenía que hacer y Jakub sintió la desagradable sensación de estar siendo interrogado. Le respondió que tenía que ver a Skreta.

–Bueno –dijo–, pero eso no te puede llevar tanto tiempo. Voy a vestirme y te espero aquí mismo a las seis. Te invito a cenar.

Jakub acompañó a Olga hasta el Edificio Marx. Cuando desapareció por el pasillo que conducía hacia las habitaciones, se dirigió al portero:

–Por favor, ¿está la enfermera Ruzena en casa?

–No está –dijo el portero–. Tiene aquí la llave.

–Tengo que hablar con ella. Es importante –dijo Jakub–. ¿No sabe dónde podría encontrarla?

–No lo sé.

–La vi hace un momento con ese trompetista que toca hoy aquí.

–Sí, a mí también me dijeron que tiene algo que ver con él –dijo el portero–. Seguro que ése está ahora ensayando en el Centro Cultural.

Cuando el doctor Skreta, que estaba en el escenario sentado detrás de su batería, vio a Jakub entrar por la puerta de la sala, le hizo inmediatamente un gesto con la cabeza. Jakub le sonrió y miró entre las filas de sillas, en las que estaban sentados unos diez aficionados (sí, Frantisek, convertido en la sombra de Klima, también estaba entre ellos). Después se sentó a esperar por si aparecía la enfermera.

Se puso a pensar adónde podía ir a buscarla. En este momento podía estar en los sitios más insospechados. ¿Debía preguntarle al trompetista? Pero ¿cómo preguntárselo? ¿Y si mientras tanto le ha ocurrido algo? Jakub había caído hace un rato en la cuenta de que la hipotética muerte de la chica sería absolutamente inexplicable y de que un asesino que asesina sin motivo es imposible de identificar. ¿Debe, entonces, hacer algo que puede llamar la atención? ¿Debe dejar huellas y convertirse en sospechoso?

Pero luego se reprochó su actitud. Cuando hay una vida humana en peligro, no puede ser tan cobarde. Aprovechó el descanso entre dos piezas y entró en el escenario por la parte trasera. El doctor Skreta se dirigió hacia él con una sonrisa y él se llevó un dedo a los labios y le pidió en voz baja que le preguntase al trompetista dónde se hallaba en aquel momento la enfermera con la que había estado hace una hora en el bar.

–¿Qué os pasa a todos con ella? –dijo Skreta con disgusto–.

¿Dónde está Ruzena? –le pregunto después, en voz alta, al trompetista, que se ruborizó y dijo que no sabía.

–Entonces, no hay nada que hacer –se disculpó Jakub–, seguid tocando.

–¿Qué te parece nuestra orquesta? –le preguntó el doctor Skreta.

–Fabulosa –dijo Jakub y volvió a sentarse en su fila.

Sabía que estaba actuando mal desde el comienzo. Si realmente le importase la vida de ella, debía haber dado la alarma y haber llamado a todos para que la encontraran en seguida. Pero él sólo había ido a buscarla para tener una coartada ante su propia conciencia.

Volvió a recordar el instante en que le dio el tubo que contenía el veneno. ¿De verdad había ocurrido antes de que tuviese tiempo de darse cuenta? ¿De verdad había ocurrido todo sin que tuviera conciencia de ello?

Jakub sabía que eso no era verdad. Su conciencia no estaba dormida. Volvió a ver aquella cara que estaba debajo del pelo amarillo y comprendió que no había sido casualidad (su conciencia no estaba dormida) el que le diese el tubo que contenía el veneno, que había sido, por el contrario, un viejo deseo suyo que desde hacía años había estado esperando una oportunidad y que era tan fuerte que al final él mismo la había provocado.

Se estremeció de horror y se levantó de la silla. Volvió deprisa al Edificio Marx. Pero Ruzena seguía ausente.

16

¡Qué idilio, qué descanso! ¡Qué entreacto en medio del drama! ¡Qué placentera tarde con tres faunos!

Las dos perseguidoras del trompetista, sus dos desgracias, están sentadas frente a frente, las dos beben vino de la misma botella y las dos se sienten igualmente felices de estar aquí y de no tener que pensar en él al menos por un rato. ¡Qué enternecedora coincidencia, qué entendimiento!

La señora Klima mira a los tres jóvenes, a cuyo ambiente había pertenecido tiempo atrás. Los mira como si viera el negativo de su vida actual. Ella, sumergida en preocupaciones, está sentada aquí, frente a la despreocupación pura, ella, atada a un solo hombre, está sentada frente a tres faunos que representan la infinita variedad de la masculinidad.

La conversación de los faunos está orientada a un objetivo claro: pasar la noche con las dos mujeres, pasar la noche los cinco juntos. Es un objetivo ilusorio, porque saben que el marido de la señora Klima está aquí, pero es un objetivo tan hermoso que lo persiguen, aunque sea inalcanzable.

La señora Klima sabe adónde quieren ir y se entrega a ese propósito aún más fácilmente, porque no es más que una representación, es sólo un juego, sólo una tentación de los sueños. Se ríe de las frases con doble sentido, bromea con su desconocida compañera y quisiera que el entreacto durase lo más posible, que pasase mucho tiempo sin tener que ver a su rival y mirar la verdad de frente.

Una botella más de vino, todos están alegres, todos están borrachos, pero no tanto por el vino como por este extraño estado de ánimo, por ese deseo de prolongar el instante que dentro de poco habrá pasado.

La señora Klima siente que por debajo de la mesa el muslo del director se ha apoyado en su pierna izquierda. Se da cuenta perfectamente, pero no retira la pierna. Es un roce que introduce entre ellos un significativo contacto, un coqueteo, pero al mismo tiempo es un roce que puede haberse producido sin querer y del que, por su insignificancia, podía no haberse dado cuenta. Es, por lo tanto, un roce situado exactamente en la frontera entre lo inocente y lo desvergonzado. Kamila no quiere traspasar esta frontera, pero le gusta poder mantenerse precisamente en medio de ella (en este estrecho territorio de inesperada libertad) y le gustará aún más si esa mágica línea se desplaza hacia nuevas insinuaciones y nuevos roces y juegos. Protegida por la ambigua inocencia de esa deslizante frontera, desea dejarse llevar hasta donde se pierde la vista, cada vez más lejos.

Si la belleza de Kamila, de un resplandor casi desagradable, obliga al director a una conquista cautelosamente lenta, el encanto corriente de Ruzena atrae al cámara de un modo potente y directo. Abraza su cuerpo y toca su pecho.

Kamila ve aquello. ¡Hace ya tanto tiempo que no ve de cerca los gestos impúdicos de otras personas! Mira la mano del hombre que cubre el pecho de la chica, que lo frota, lo aprieta y lo acaricia a través del vestido. Mira la cara de Ruzena, inmóvil, sensualmente entregada, pasiva. La mano acaricia el pecho, el tiempo transcurre dulcemente y Kamila siente que la rodilla del asistente se apoya ahora contra su otra pierna.

Y entonces dice:

–Hoy me gustaría pasar la noche de juerga.

17

En ese momento la reconoció. ¡Claro, era la cara que le enseñaron sus amigas en la foto! Apartó bruscamente la mano del cámara.

–¡Qué te pasa! –protestó.

Intentó abrazarla otra vez y otra vez fue rechazado.

–¿Qué te has creído? –le gritó ella.

El director y su asistente se echaron a reír.

–¿Lo dices en serio? –le preguntó el asistente.

–Por supuesto que lo digo en serio –respondió con severidad.

El asistente miró al reloj y después le dijo al cámara:

–Son exactamente las seis. La situación ha cambiado porque nuestra amiga se comporta decentemente durante las horas pares. Tienes que resistir hasta las siete.

Volvieron a reírse. Ruzena estaba roja de humillación. La habían sorprendido con una mano extraña en uno de sus pechos. La habían sorprendido dejándose meter mano. La había sorprendido la mayor rival de su vida, mientras todos se reían de ella.

El director le dijo al cámara:

–Quizá podrías pedirle a la señorita que hiciese una excepción y considerase que las seis es una hora impar.

–¿Crees que es teóricamente posible considerar que el seis es un número impar? –preguntó el asistente.

–Sí –afirmó el director–. Euclides, en sus célebres *Elementos*, dice acerca de eso textualmente: «En ciertas circunstancias especiales y muy misteriosas, algunos números pares se comportan como impares». Creo que nos encontramos frente a una de esas circunstancias misteriosas.

–Entonces, ¿estás de acuerdo, Ruzena, en considerar impar la hora sexta?

Ruzena callaba.

–¿Estás de acuerdo? –se acercó a ella el cámara.

–La señorita está callada –dijo el asistente–, de modo que tenemos que decidir si hemos de considerar su silencio como aceptación o como rechazo.

–Podemos votar –dijo el director.

–Muy bien –dijo el asistente–. ¿Quién está a favor de que Ruzena esté de acuerdo en que el seis es en este caso un número impar? ¡Kamila, eres la primera en votar!

–Estoy segura de que Ruzena estará de acuerdo –afirmó Kamila.

–¿Y tú, director?

–Estoy convencido –dijo el director con su voz suave– de que la señorita Ruzena considerará al seis número impar.

–El cámara es persona interesada, por eso no vota. Yo voto a favor –dijo el asistente–. De modo que hemos decidido, por tres votos a favor, que el silencio de Ruzena significa que está de acuerdo. De eso se deduce, cámara, que debes continuar inmediatamente con tu trabajo.

El cámara se acercó a Ruzena y la abrazó de tal manera que volvió a tocar su pecho con la mano. Ruzena lo empujó aún con más fuerza que antes y gritó:

–¡Quita tus patas de ahí!

–Ruzena, él no tiene la culpa de que le gustes tanto. Estábamos todos de tan buen humor... –intercedió Kamila.

Un momento antes, Ruzena estaba totalmente pasiva y se había puesto a disposición de la marcha de los acontecimientos para que hicieran con ella lo que quisieran, como si quisiera adivinar su futuro en las casualidades que se le presentasen. Se hubiera dejado arrastrar, se hubiera dejado seducir y convencer de cualquier cosa, siempre que hubiera significado huir del callejón sin salida en el que se encontraba.

Pero la casualidad que ella aguardaba suplicante de pronto resultó ser adversa, y Ruzena, humillada ante su rival y objeto de burla de todos, se dio cuenta de que sólo tenía un apoyo seguro, un solo consuelo y una salvación: el fruto que llevaba en el vientre. Toda su alma (¡otra vez!, ¡otra vez!) descendía, se metía dentro, en las profundidades de su cuerpo, y Ruzena se reafirmaba en que jamás debía separarse de aquel que germinaba tranquilamente en su seno. En él tenía su triunfo secreto, que la elevaría muy por encima de su risa y de sus sucias manos. Tenía muchas ganas de decirlo, de gritárselo a la cara, de vengarse de sus burlas y de la indulgente amabilidad de ella.

Hay que guardar la calma, se dijo, y metió la mano en el bolso para coger el tubo. Lo sacó y en ese momento sintió que una mano extraña le cogía con firmeza la muñeca.

18

Nadie lo había visto llegar. De pronto estaba allí y Ruzena, que había vuelto la cabeza hacia él, vio su sonrisa.

Seguía cogiéndola por la muñeca; ella sintió la firmeza con que la cogía y le obedeció: el tubo volvió a caer en el fondo del bolso.

–Permítanme, estimados señores, que me siente. Mi nombre es Bertlef.

Ninguno de los presentes estaba encantado con la llegada de aquel hombre a quien nadie había invitado, ninguno de ellos respondió a la presentación y Ruzena no era tan diestra en cuestiones de protocolo como para ser capaz de presentarlo.

–Veo que mi llegada los ha dejado un poco perplejos –dijo Bertlef, cogió una silla que estaba cerca de allí y la colocó junto a la cabecera de la mesa, de modo que ahora estaba sentado frente a todos, con Ruzena a su derecha–. Disculpen –continuó–. Tengo esa costumbre; no llego, aparezco.

–Permítanos entonces, en ese caso –dijo el asistente–, que lo consideremos una simple aparición y no le prestemos atención.

–Será un placer permitírselo –dijo Bertlef con una suave inclinación de cabeza–. Pero me temo que a pesar de todo su empeño no lo conseguirán.

Miró luego hacia la puerta que conducía al mostrador y llamó al camarero dando palmas.

–¿Y a usted quién lo ha invitado, jefe? –preguntó el cámara.

–¿Pretende darme a entender que no soy bienvenido? Ruzena y yo podríamos irnos inmediatamente, pero la costumbre es la costumbre. Suelo sentarme todas las tardes a esta mesa a beber vino –se fijó en la etiqueta de la botella que estaba encima de la mesa–. Un vino mejor que el que beben ustedes.

–Me gustaría saber cómo hace para encontrar buen vino en esta tasca –dijo el asistente.

–Me parece que le gusta mucho echarse faroles, jefe –añadió el cámara con la intención de dejar en ridículo al recién llegado–. Claro que a cierta edad a uno ya no le queda más remedio que echarse faroles.

–Se equivoca –dijo Bertlef como si no hubiera oído las ofensivas palabras del cámara–, en este local tienen escondidos vinos mejores que los que hay en los hoteles de lujo.

En este momento ya le estaba dando la mano al encargado, que hasta entonces prácticamente no había aparecido, pero que ahora le hacía una reverencia a Bertlef y le preguntaba:

–¿Pongo la mesa para todos?

–Por supuesto –respondió Bertlef y se dirigió a los demás–. Señoras y señores, les invito a degustar conmigo un vino cuyo sabor ya he probado muchas veces en este sitio y siempre ha resultado excelente. ¿De acuerdo?

Nadie le respondió y el encargado dijo:

–En lo que se refiere a comida y bebida, puedo recomendarles a ustedes que confíen por entero en el señor Bertlef.

–Amigo –le dijo Bertlef al encargado–, traiga dos botellas y una bandeja grande de quesos –después se dirigió de nuevo a los demás–: Sus reparos son innecesarios. Los amigos de Ruzena son mis amigos.

Un niño de apenas doce años salió del local trayendo una bandeja con copas, platos y un mantel. La dejó encima de la mesa de al lado y se inclino para recoger por entre los hombros de los presentes las copas usadas a medio beber. Las depositó en el mismo sitio donde un momento antes había dejado la bandeja. Después, con un trapo, limpió cuidadosamente la mesa, que estaba visiblemente sucia, para ponerle un mantel inmaculado. Cogió de la mesa de al lado las copas que había dejado, con la intención de volver a colocarlas delante de cada uno de los invitados.

–Las copas sucias y el resto de ese brebaje se los puede llevar –le dijo Bertlef al chico–. Papá nos traerá un vino mejor.

El cámara protestó:

–Jefe, ¿sería tan amable de dejarnos beber lo que queramos?

–Como desee, caballero –dijo Bertlef–: no soy partidario de obligar a la gente a ser feliz. Todo el mundo tiene derecho a su vino malo, a su tontería y a sus uñas sucias. Mire, hijo –se dirigió al chico–, póngales a todos, junto a la copa que ya tenían, otra limpia. Mis invitados podrán elegir entre un vino hecho de nieblas y un vino nacido del sol.

Y, en efecto, delante de cada uno quedaron dos copas, una vacía, otra con un resto de vino. El encargado se acercó a la mesa con dos botellas, cogió una de ellas con las rodillas y, de un fuerte tirón, le quitó el corcho. Luego le sirvió a Bertlef un poquito de vino. Bertlef se llevó la copa a los labios, probó el vino y se dirigió al encargado:

–Excelente. ¿Cosecha del veintitrés?

–Del veintidós –dijo el encargado.

–Sírvalo –dijo Bertlef y el encargado del restaurante dio la vuelta a la mesa con la botella y llenó todas las copas vacías.

Bertlef cogió la copa con dos dedos:

–Amigos, prueben este vino. Tiene el dulce sabor del pasado. Saboréenlo como si estuvieran sorbiendo el tuétano del largo hueso de un verano olvidado hace mucho tiempo. Me gustaría unir, con la ayuda de un brindis, lo pasado con lo presente y el sol del año veintidós con el sol de este momento. Ese sol es Ruzena, esta sencilla muchacha que es reina sin saberlo. Es, sobre el paisaje de este balneario, como una joya en el traje de un mendigo. Es como una luna olvidada en el cielo pálido del día. Es como una mariposa revoloteando sobre la nieve.

El cámara intentó una risa forzada:

–¿No exagera, jefe?

–No exagero –dijo Bertlef y se dirigió al cámara–. Eso es lo que a usted le parece, porque vive sin alcanzar nunca la verdadera dimensión de las cosas, es usted una hierba amarga, un vinagre transformado en hombre. ¡Está lleno de ácidos que le hierven dentro como en una retorta de alquimista! Daría usted la vida por descubrir a su alrededor la fealdad que lleva dentro de sí mismo. Sólo así puede sentir por un momento cierta reconciliación entre usted y el mundo. ¡Qué insoportable es tener las uñas sucias y una mujer hermosa al lado! Por eso es necesario ensuciar antes a la mujer para poder luego reírse de ella. ¡Es así, caballero! Me satisface verle esconder las manos debajo de la mesa, parece que tenía razón cuando hablaba de sus uñas.

–La etiqueta me la trae floja, no soy un payaso de cuello duro y corbata, como usted –respondió con sequedad el cámara.

–Sus uñas sucias y su suéter rotoso no son nada nuevo bajo el sol –dijo Bertlef–. Hace mucho tiempo, había un filósofo cínico que se paseaba orgulloso por Atenas con un toga agujereada para que todos admirasen su desprecio por los convencionalismos. Cuando lo vio Sócrates, le dijo: *A través de los agujeros de tu toga veo tu orgullo*. Su suciedad, caballero, también es autocomplaciente, y su autocomplacencia, sucia.

Ruzena no salía de su embriagador asombro. Aquel hombre, al que apenas conocía como paciente, había venido en su ayuda como caído del cielo y ella estaba maravillada por la encantadora naturalidad de su comportamiento y por la cruel confianza en sí mismo con la que aplastaba el atrevimiento del cámara.

–Veo que ha perdido el habla –le dijo Bertlef al cámara tras un breve momento de silencio– y créame que no era mi intención ofenderle. Soy amante de la placidez y no de la disputa, y si me he dejado llevar por la elocuencia, le ruego que me disculpe. Lo único que quiero es que prueben este vino y que brinden conmigo por Ruzena, que es el motivo por el que he venido aquí.

Bertlef volvió a levantar la copa, pero nadie le imitó.

–¡Patrón –dijo Bertlef–, venga a beber con nosotros!

–De este vino, siempre –dijo el encargado, cogió de la mesa de al lado una copa vacía y se sirvió vino–. El señor Bertlef sabe lo que es un buen vino. Hace tiempo ya que localizó mi bodega, como una golondrina siente la proximidad de su nido.

Bertlef se rió con la risa feliz de un hombre halagado.

–¿Brinda con nosotros por Ruzena? –dijo.

–¿Por Ruzena? –preguntó el encargado.

–Sí, por Ruzena –dijo Bertlef señalando con un mirada a su vecina–. ¿Le gusta tanto como a mí?

–En su compañía, señor Bertlef, sólo se ve a mujeres hermosas. Ni siquiera me haría falta mirar a la señorita, ya sabría que es hermosa si está sentada a su lado.

Bertlef volvió a reír con una risa feliz, el encargado del restaurante se le sumó y, curiosamente, también se le sumó Kamila, a la que la llegada de Bertlef había parecido divertida desde el principio. Aquella risa era inesperada y, sin embargo, curiosa e inexplicablemente contagiosa. A Kamila se le sumó, con coqueta solidaridad, el director y al director el asistente y por fin también Ruzena, que se sumergió en aquella risa polifónica como en un feliz abrazo. Era su primera risa en todo el día. Su primera distensión y su primer respiro. Se reía más fuerte que nadie y no se hartaba de reír.

Y Bertlef levantó la copa:

–¡Por Ruzena!

Y el patrón levantó también la copa y la levantó Kamila y el director y su asistente y todos repitieron con Bertlef:

–¡Por Ruzena!

Hasta el cámara levantó su copa y bebió, sin decir nada.

El director probó un trago y dijo:

–Es cierto, ¡es un vino excelente!

–Ya se lo había dicho –rió el patrón.

Mientras tanto el chiquillo colocó una gran bandeja de quesos en medio de la mesa y Bertlef dijo:

–¡Sírvanse, son estupendos!

–Pero –se extrañó el director– ¿de dónde han sacado semejante selección de quesos? Es como si estuviéramos en Francia.

Y de pronto toda la tensión desapareció, el ambiente se relajó, todos empezaron a charlar, se servían quesos en sus platos, se preguntaban de dónde los habría sacado el encargado del restaurante (en este país, donde hay tan pocas clases de quesos) y añadían vino a sus copas.

Y en el momento en que todos estaban más a gusto, Bertlef se levantó e hizo una reverencia:

–He disfrutado mucho de su compañía y se lo agradezco. Mi amigo el doctor Skreta da esta noche un concierto y Ruzena y yo queremos oírlo.

19

Ruzena y Bertlef desaparecieron entre los suaves velos del anochecer que se aproximaba, y el ímpetu inicial, que arrastraba a los presentes hacia la soñada isla del vicio, había desaparecido y no era posible recuperarlo. El abatimiento se apoderó de todos.

La señora Klima estaba como si se hubiera despertado de un sueño y quisiera permanecer en él a toda costa. Se le pasó por la cabeza la idea de que no tenía por qué ir al concierto. De que sería para ella misma una sorpresa fantástica comprobar de pronto que no había venido a perseguir al marido, sino a vivir una aventura; que sería magnífico quedarse con los tres y regresar por la mañana en secreto a casa. Algo le decía que era así como debía actuar; que sería una decisión, una liberación, una recuperación de la salud y un despertar del maleficio.

Pero ya estaba demasiado sobria. Todos los encantamientos habían perdido su efecto. Ya estaba a solas consigo misma, con su pasado, con su pesada cabeza llena de viejas ideas angustiosas. Le hubiera gustado prolongar aquel breve sueño al menos por un par de horas, pero sabía que el sueño ya palidecía y se disolvía como la oscuridad de la madrugada.

—Yo también me tengo que ir —dijo.

Trataron de convencerla de que no lo hiciera, pero sabían que ya no tenían ni la confianza en sí mismos ni las fuerzas necesarias para retenerla.

—Mierda —dijo el cámara—, ¿quién era ese tío?

Tenían ganas de preguntárselo al encargado, pero desde que Bertlef se había ido, nadie les había vuelto a hacer caso. Desde el local llegaba el ruido de los parroquianos semiborrachos y ellos permanecían sentados con el vino a medio beber y los quesos a medio comer.

—Sea quien sea, nos ha estropeado la noche. Se nos ha llevado a una de las damas y la otra se nos va sola. Vamos a acompañar a Kamila.

—No —dijo Kamila—. Quedaos. Quiero ir sola.

Ya no estaba con ellos. Ya le molestaba su presencia. Los celos habían venido a buscarla como llega la muerte. Ya estaba en su poder y no se fijaba en nadie más que en ellos. Se levantó y se dirigió hacia el mismo lugar por el que un rato antes se habían ido Bertlef y Ruzena. A distancia oyó que el cámara decía:

—Mierda.

20

Jakub y Olga fueron antes de que empezase el concierto al camerino a estrechar la mano de Skreta y luego se dirigieron a la sala. Olga quería marcharse después del descanso para poder estar toda la noche a solas con Jakub. Jakub argumentaba que su amigo se iba a enfadar, pero Olga decía que ni siquiera se daría cuenta de que se habían ido antes de tiempo.

La sala estaba ya casi llena y en la fila en la que estaban sólo quedaban ya dos plazas para ellos.

–Esa tía me persigue hoy como si fuera mi sombra –le dijo al oído Olga a Jakub mientras se sentaban.

Jakub miró y vio que al lado de Olga estaba sentado Bertlef y, al lado de éste, la enfermera que llevaba en el bolso el veneno. El corazón le dejó de latir por un momento, pero como estaba acostumbrado a ocultar toda la vida lo que ocurría en su interior, dijo con total tranquilidad:

–Veo que nos ha tocado la fila de las entradas gratuitas que Skreta repartió entre sus conocidos. Eso significa que sabe en qué fila estamos sentados y que se dará cuenta de si nos vamos.

–Le dices que delante la acústica era mala y por eso después del descanso nos trasladamos a la parte de atrás –dijo Olga.

En ese momento ya subía Klima al escenario con la trompeta dorada en la mano y el público empezaba a aplaudir. Cuando tras él entró el doctor Skreta, el aplauso se hizo aún más fuerte y una ola de murmullos recorrió la sala. El doctor Skreta permaneció humildemente detrás del trompetista, haciendo con el brazo un brusco movimiento con el que quería manifestar que la figura principal del concierto era el invitado de la capital. El público captó inmediatamente la graciosa brusquedad del gesto y respondió con un aplauso aún mayor. Desde atrás se oyó gritar:

–¡Viva el doctor Skreta!

El pianista, que era el que menos llamaba la atención de los tres y el menos aclamado por el público, se sentó en el taburete del piano. Skreta se sentó tras el impresionante conjunto de tambores y el trompetista empezó a desplazarse con paso suave y rítmico desde el pianista hacia Skreta.

El aplauso ya había terminado, el pianista golpeó las teclas y empezó con su introducción, pero Jakub notó que su amigo estaba inquieto y miraba preocupado a su alrededor. El trompetista también se dio cuenta de los problemas del doctor y se acercó a él. Skreta le susurró algo y los dos se agacharon. Miraron inquisitivamente el suelo durante un rato y entonces el trompetista levantó un palillo que había rodado hasta la pata del piano y se lo dio a Skreta.

En ese momento, el público, que había seguido con atención toda la escena, prorrumpió en un nuevo aplauso, y el pianista, que creyó que aquello era una recompensa por su preludio, siguió tocando mientras se inclinaba hacia el público.

Olga cogió a Jakub de la mano y le dijo en voz baja:

–¡Es maravilloso! ¡Es tan maravilloso que tengo la sensación de que desde este momento se ha terminado mi mala suerte de hoy!

Por fin se sumaron al sonido del piano la trompeta y la batería. Klima tocaba sin dejar de dar pequeños pasos siguiendo el ritmo y el doctor Skreta permanecía sentado detrás de sus tambores como un Buda hermoso y digno.

Jakub imaginó que la enfermera se acordaba entonces, durante el concierto, de su medicamento, se tomaba la tableta, se retorcía en un espasmo y se quedaba muerta en la silla, mientras el doctor Skreta, en el escenario, seguía golpeando la batería y el público aplaudía y gritaba.

Y de pronto vio con claridad por qué la chica había recibido una entrada en la misma fila que él; aquel encuentro imprevisto de hoy en el bar había sido una tentación, una prueba. Se había producido sólo para que viera en el espejo su imagen: la imagen del que da un veneno al prójimo. Pero el que le pone a prueba (el Dios en el que no cree) no desea víctimas sangrientas, no desea sangre de inocentes. Al final de la prueba no habrá muerte alguna, sino tan sólo el desenmascaramiento de sí mismo y se librará así de su inadecuado orgullo. Por eso está ahora la enfermera en la misma fila que él, para que pueda salvarla en el último momento. Y por eso está sentado a su lado el hombre de quien se hizo amigo ayer y que le ayudará a lograrlo.

Sí, esperará la primera oportunidad, quizá la primera pausa entre dos piezas, y le dirá a Bertlef que salgan los tres al pasillo. Allí se lo explicará de algún modo y terminará toda esta locura increíble.

Los músicos llegaron al final de la primera pieza, estalló el aplauso, la enfermera dijo «disculpe» y, acompañada por Bertlef, abandonó la fila. Jakub quiso levantarse e ir tras ellos, pero Olga le cogió la mano y lo detuvo:

–No, por favor, ahora no. Espera hasta el descanso.

Fue todo más rápido de lo que había pensado. Los músicos ya estaban tocando otra pieza y Jakub comprendió que quien le ponía a prueba no había sentado a Ruzena a su lado para salvar a Jakub, sino para confirmar, fuera de toda duda, su derrota y su condena.

El trompetista soplaba, el doctor Skreta sobresalía como el gran Buda de la batería y Jakub estaba sentado, sin moverse. En ese momento no veía ni al trompetista ni al doctor Skreta, sólo se veía a sí mismo, veía cómo permanecía sentado sin moverse y no podía apartar la vista de aquella escena horripilante.

21

Cuando Klima oyó el poderoso sonido de su amada trompeta, le pareció que era él mismo quien sonaba y llenaba todo el ámbito de la sala. Se sentía invencible y fuerte. Ruzena estaba sentada en la fila libre de los invitados especiales junto a Bertlef (eso también le pareció una buena señal) y la atmósfera era seductora. El público disfrutaba y estaba de un buen humor que a él le daba a entender que todo saldría bien. Cuando sonó el primer aplauso, Klima señaló con un gesto armonioso al doctor Skreta, por el que esa noche, quién sabe por qué, sentía especial afecto y afinidad. El doctor se incorporó detrás de la batería y saludó al público.

Pero cuando miró al público después de la segunda pieza, comprobó que la silla en la que había estado sentada Ruzena se hallaba vacía. Eso le asustó. Desde ese momento empezó a tocar intranquilo, buscando con la mirada por toda la sala, controlando silla por silla, pero sin encontrarla. Pensó que se había ido a propósito, para evitar que la persuadiera, decidida ya a no presentarse a la comisión. ¿Dónde iba a buscarla después del concierto? ¿Y si no la encontraba?

Sintió que estaba tocando mal, mecánicamente, ausente. Pero el público era incapaz de percibir el malhumor del trompetista, estaba satisfecho y las ovaciones aumentaban con cada pieza.

Se consoló pensando que a lo mejor sólo había ido al servicio. Se puso mala, como suele ocurrirles a las mujeres embarazadas. Cuando su ausencia duraba ya casi media hora, pensó que habría regresado a su casa a buscar algo y que volvería a aparecer en su silla. Pero pasó el descanso, el concierto se aproximaba al final y la silla de ella seguía vacía. ¿Es posible que no se atreva a entrar en la sala en medio del concierto? ¿Aparecerá cuando suene el aplauso final?

Pero ya se había producido el aplauso final, Ruzena no aparecía y Klima sintió que llegaba al límite de sus fuerzas. El público se levantaba de sus asientos y gritaba: «¡Otra!». Klima miró al doctor Skreta y le hizo un gesto con la cabeza para indicarle que ya no quería seguir tocando. Pero se encontró con dos ojos relucientes que no querían sino tocar la batería, seguir y seguir tocando, toda la noche.

El público interpretó el gesto negativo de Klima como la imprescindible coquetería de la estrella y aplaudió cada vez más. En ese momento logró llegar hasta el escenario una hermosa y joven mujer. Cuando Klima la vio, pensó que le daba un ataque, que iba a desmayarse y que ya no despertaría nunca más. Ella le sonrió y le dijo (no oyó su voz, pero leyó aquellas palabras de sus labios): «¡Toca! ¡Toca!».

Klima levantó la trompeta en señal de que iba a tocar. El público calló de pronto.

Sus dos compañeros de orquesta, con un gesto de alegría, empezaron a tocar otra vez la pieza anterior. Y Klima se sentía como si tocase en una orquesta fúnebre, marchando tras su propio ataúd. Tocaba y sabía que estaba todo perdido y que ahora lo único que faltaba era cerrar los ojos, juntar las manos y dejar que el destino le atropellase con sus ruedas.

22

En la mesilla del apartamento de Bertlef había varias botellas juntas, adornadas de hermosas etiquetas con nombres extranjeros. Ruzena no entendía de bebidas caras y pidió un whisky sólo porque no sabía los nombres de las demás.

Mientras tanto su entendimiento trataba de divisar algo a través del velo del encantamiento y de orientarse en aquella situación. Le preguntó varias veces por qué había ido hoy a buscarla si en realidad no la conocía.

–Quiero saberlo –repitió–, quiero saber por qué se ha acordado de mí.

–Hace mucho tiempo que quería hacerlo –respondió Bertlef sin dejar de mirarla a los ojos.

–¿Y por qué lo hizo precisamente hoy?

–Porque todo tiene su tiempo. Y el nuestro ha llegado hoy.

Aquellas palabras sonaban misteriosas, pero Ruzena sentía que eran de verdad. Su situación ya se había vuelto hoy tan insoportable que realmente algo tenía que pasar.

–Sí –dijo pensativa–, hoy ha sido un día especial.

–Usted sabe muy bien que he llegado justo a tiempo –dijo Bertlef con voz aterciopelada.

Una sensación de alivio confusa e inmensamente dulce se apoderó de Ruzena: sí, Bertlef ha aparecido precisamente hoy, eso quiere decir que todo lo que ocurre está dirigido por alguien y que ella puede respirar con alivio y ponerse en manos de esa fuerza superior.

–Sí, ha llegado justo a tiempo –dijo ella.

–Ya lo sé.

Sin embargo, seguía habiendo algo que se le escapaba.

–Pero ¿por qué? ¿Por qué ha venido?

–Porque la quiero.

La palabra «quiero» apenas se oyó, pero toda la habitación estaba de pronto llena de ella.

La voz de ella también se había vuelto más queda:

–¿Usted me quiere?

–Sí, la quiero.

Aquella palabra también había sido pronunciada por Frantisek y por Klima, pero hasta ahora no la había visto tal como era cuando llegaba sin que se la hubiera llamado, inesperadamente, cuando estaba desnuda. Había llegado como un milagro. Era absolutamente inexplicable, pero le parecía aún más real, porque las cosas más esenciales aparecen en el mundo sin explicación y sin motivo, son ellas mismas su propia causa.

–¿En serio? –preguntó, y la voz de ella, otras veces demasiado alta, sonaba ahora como un murmullo.

–En serio.

–Si soy una chica corriente.

–No lo es.

–Lo soy.

–Es hermosa.

–No lo soy.

–Es tierna.

–No lo soy –hizo un gesto de negación con la cabeza.

–Irradia usted amabilidad y bondad.

–No, no, no –negaba con la cabeza.

–Yo sé cómo es. Lo sé mejor que usted.

–No sabe nada.

–Lo sé.

La confianza que se desprendía de los ojos de Bertlef era como un baño mágico y Ruzena deseaba que aquella mirada, que la inundaba y la acariciaba, durase lo más posible.

–¿De verdad que soy así?

–De verdad. Lo sé.

Aquello era hermoso como el vértigo: sentía que a sus ojos era delicada, tierna, pura, se sentía espléndida como una reina. Se sintió de pronto como si estuviera toda repleta de miel y de hierbas aromáticas. Se gustaba a sí misma hasta el enamoramiento. (Dios mío, eso era algo que jamás le había sucedido, ¡gustarse tanto a sí misma!)

–Pero si usted ni me conoce –siguió replicando.

–La conozco desde hace mucho tiempo. Hace mucho tiempo que me fijo en usted y usted ni siquiera lo sabe. La conozco de memoria –tocaba con los dedos su cara–: Su nariz, su sonrisa, dulcemente dibujada, su pelo...

Y entonces empezó a desabrocharle el vestido, y ella no se lo impidió, sólo le miraba a los ojos, veía su mirada que la rodeaba como si fuera agua, un agua dulce. Estaba sentada frente a él con los pechos desnudos, que se habían erguido bajo su mirada, y deseaba ser vista y elogiada. Todo su cuerpo se orientaba hacia los ojos de él como un girasol hacia el sol.

23

Estaban sentados en la habitación de Jakub, Olga hablaba de algo y Jakub se decía que aún estaba a tiempo. Podía volver al Edificio Marx y, si ella no estaba allí, podía entrar al apartamento de Bertlef, aquí al lado, y preguntarle si sabía algo de la chica.

Olga hablaba de algo y mientras tanto él imaginaba la lamentable escena en la que le explicaba algo a la enfermera, tartamudeaba, buscaba excusas y se disculpaba y trataba de obtener de ella el tubo de pastillas. Pero entonces, de pronto, como si estuviera fatigado de aquellas imágenes contra las que llevaba luchando varias horas, sintió que lo invadía una intensa indiferencia.

No era una indiferencia producto del cansancio, era una indiferencia consciente y agresiva. Jakub se dio cuenta de que le daba lo mismo que aquel ser de pelo amarillo viviese o no, y de que no hubiera sido más que una simulación y una comedia indigna el intentar salvarla. Que de ese modo estaría engañando al que le ponía a prueba. Porque el que le pone a prueba (Dios, que no existe) quiere saber cómo es de verdad Jakub y no lo que aparenta. Y Jakub decidió ser sincero con él; ser quien de verdad era.

Estaban sentados en dos sillones, uno frente a otro, y entre ellos había una mesilla. Y Jakub vio que Olga se inclinaba por encima de aquella mesilla hacia él y oyó su voz:

–Quisiera besarte. ¿Cómo es posible que nos conozcamos desde hace tanto tiempo y nunca nos hayamos besado?

24

Una risa forzada en la cara y angustia dentro de sí era lo que tenía la señora Klima mientras trataba de llegar hasta su marido en el camerino. Le horrorizaba ver la verdadera cara de su amante. Pero allí no había amante alguna. Había, eso sí, un par de chicas pidiendo autógrafos a Klima, pero comprendió (era observadora como un gavilán) que ninguna de ellas le conocía personalmente.

Sin embargo, estaba segura de que había alguna amante en las proximidades. Lo supo por la cara de Klima, que estaba pálido y ausente. Le sonreía a su mujer con la misma falta de naturalidad con la que ella le sonreía a él.

Con una reverencia la saludaron el doctor Skreta, el farmacéutico y algunas otras personas, probablemente médicos acompañados de sus esposas. Alguien propuso que fueran a sentarse al único bar nocturno del lugar, que estaba enfrente. Klima se disculpó alegando cansancio. A la señora Klima se le ocurrió que la amante le esperaba en el bar y que por eso se negaba a ir. Y como la desgracia le atraía como un imán, le pidió que fuera, a pesar del cansancio, que le daría una alegría.

Pero en el bar no había ninguna mujer de la que pudiera sospechar que tuviera algo que ver con él. Se sentaron junto a una mesa grande. El doctor Skreta estaba muy conversador y elogiaba al trompetista. El farmacéutico estaba pletórico de una tímida felicidad que no sabía expresarse. La señora Klima trataba de estar alegre, conversadora y simpática:

–Doctor, ha estado usted maravilloso –le dijo a Skreta–. Y usted también, señor. Y el ambiente era directo, alegre, despreocupado, mil veces mejor que en los conciertos de la capital.

Sin necesidad de mirar a Klima, ni por un instante dejaba de observarlo. Sentía que estaba tratando de ocultar con todas sus fuerzas su nerviosismo y que procuraba decir algo de vez en cuando, para que no se notase que estaba como ausente. Estaba claro que ella le había estropeado algo y que no era algo sin importancia. Si se hubiese tratado de una aventura corriente (Klima siempre le juraba que nunca podría enamorarse de otra mujer), no habría caído en una depresión tan profunda. No había visto a su amante, pero creía ver su enamoramiento (un enamoramiento que le hacía sufrir y le desesperaba) y esa visión era para ella aún más torturante.

–¿Que le ocurre, señor Klima? –le preguntó al farmacéutico, que era tan amable y atento como silencioso.

–Nada, nada, absolutamente nada –se asustó Klima–. Me duele un poco la cabeza.

–¿Quiere una pastilla? –preguntó el farmacéutico.

–No, no –respondió el trompetista–. Pero me tendrán que perdonar si nos vamos un poco pronto. Estoy realmente muy cansado.

25

¿Cómo hizo ella por fin para atreverse?

Desde que se sentó junto a él en el bar, Jakub le pareció distinto de como solía ser. Estaba silencioso y sin embargo afable, distraído, y sin embargo dócil y obediente, sus pensamientos estaban en otra parte y sin embargo hacía todo lo que ella quería. Y precisamente su distracción (ella se la atribuía a su inminente partida) le gustaba: ella le decía sus palabras al rostro ausente de él como si se las dijera a una distancia desde la que no podía ser oída. Por eso podía decirle lo que nunca le había dicho.

Ahora, cuando le pidió que se besaran, le pareció que lo había interrumpido y asustado. Pero eso no le dio miedo, al contrario, hasta eso le resultaba agradable: por fin sentía que era aquella mujer valiente y provocativa que siempre había deseado ser, la mujer que domina la situación, que la pone en movimiento, que observa con curiosidad a su compañero y le hace dudar.

Siguió mirándolo con firmeza a los ojos y dijo con una sonrisa:

–Pero aquí no. Sería ridículo que nos besáramos por encima de la mesa. Ven.

Le dio la mano, lo condujo al diván, disfrutando de la gracia, la elegancia y el sereno dominio con que actuaba. Después lo besó, comportándose con un apasionamiento que hasta entonces no había conocido. Pero no era el espontáneo apasionamiento del cuerpo que no puede contenerse, era un apasionamiento cerebral, un apasionamiento consciente y deseado. Quería arrancarle a Jakub el disfraz de su papel de padre, quería dejarlo atónito y al mismo tiempo excitarse viendo su confusión, quería violarlo y ver cómo lo estaba violando, quería averiguar a qué sabía su lengua y sentir cómo sus manos paternales iban atreviéndose lentamente a cubrirla de caricias.

Le desabrochó el botón de la chaqueta y ella misma se la quitó.

26

Durante el concierto no le había quitado los ojos de encima a Klima, y después se mezcló con los admiradores que corrieron a la parte de atrás del escenario para que los artistas les garabatearan un autógrafo. Pero Ruzena no estaba allí. Luego siguió al grupo de gente que condujo al trompetista al bar de enfrente. Entró con ellos, convencido de que Ruzena estaría allí esperando al trompetista. Pero se equivocó. Regresó a la calle y estuvo de guardia durante mucho tiempo delante de la puerta.

De pronto un dolor lo atravesó. El trompetista salió del bar con una mujer a su lado. Ya estaba casi seguro de que era Ruzena, pero no lo era.

Los siguió hasta el Richmond, en el que entraron Klima y la mujer desconocida.

Después se dirigió rápidamente al Edificio Marx. Aún estaba abierto. Le preguntó al portero si Ruzena estaba en casa. No estaba.

Corrió de regreso al Richmond, temiendo que entretanto Ruzena hubiera entrado a ver a Klima. Se puso a pasear por el camino del parque mirando hacia la entrada. No entendía qué ocurría. Por su cabeza desfilaban muchas suposiciones, pero eso no era lo importante. Lo importante era que estaba allí de guardia y que sabía que iba a seguir de guardia hasta que viera a alguno de los dos.

¿Por qué? ¿Qué sentido tenía? ¿No era mejor que se fuese ya a dormir?

Creía que ya era hora de saber toda la verdad.

¿Pero quería de verdad saber toda la verdad? ¿Tenía realmente tantas ganas de confirmar que Ruzena se acostaba con Klima? ¿No pretendía, más bien, encontrar alguna prueba de la inocencia de Ruzena? Y, con lo desconfiado que era, ¿hubiera aceptado alguna prueba?

No sabía por qué esperaba. Lo único que sabía era que iba a esperar mucho tiempo y, si hacía falta, muchas noches. Porque cuando se tienen celos, el tiempo pasa muy rápido. Los celos llenan la mente aún más que una actividad intelectual apasionante. En la mente no queda ni un segundo de tiempo libre. Quien tiene celos no sabe qué es el aburrimiento.

Frantisek paseaba por un reducido trozo de camino, de apenas cien metros de largo. Se quedará allí paseando durante toda la noche, hasta que todos estén durmiendo, se quedará paseando hasta el día siguiente, hasta el comienzo del próximo capítulo.

¿Por qué, al menos, no se sienta? ¡Frente al Richmond hay bancos! No puede sentarse. Los celos son como un fuerte dolor de muelas. Cuando se tienen, no se puede hacer nada, no puede uno ni sentarse. Es necesario pasear. De un lado para otro.

27

Fueron por el mismo camino que Bertlef con Ruzena y Jakub con Olga, subiendo las escaleras hasta el primer piso y, después, siguiendo la alfombra roja de felpa hasta el final del pasillo, que terminaba en la amplia puerta que conducía al apartamento de Bertlef. A la derecha estaba la entrada de la habitación de Jakub, a la izquierda la que el doctor Skreta le había prestado a Klima.

Al abrir la puerta y encender la luz, registró la rápida mirada inquisitiva que Kamila había echado a la habitación: sabía que estaba buscando las huellas de alguna mujer. Ya conocía aquella mirada. Lo sabía todo acerca de ella. Sabía que la amabilidad con la que le hablaba no era sincera... Sabía que había venido para espiarle y sabía que fingiría que había venido para darle una alegría. Y sabía que ella también notaba perfectamente su angustia y que estaba segura de haberle estropeado algún plan amoroso.

–Querido, ¿de verdad no te molesta que haya venido? –dijo.

Y él:

–¿Cómo me iba a molestar?

–Tenía miedo de que te sintieses triste.

–Estaba triste porque no estabas tú. Me alegré tanto cuando te vi aplaudir junto al escenario.

–Estás un poco cansado. ¿O te pasa algo? –preguntó.

–No, no me pasa nada. Sólo estoy cansado.

–Estás triste porque estabas rodeado de hombres y eso te deprime. Pero ahora estás con una mujer guapa. ¿No soy una mujer guapa?

–Sí, eres una mujer guapa –dijo Klima, y éstas fueron las primeras palabras sinceras que había dicho ese día.

Kamila era maravillosamente guapa y Klima sentía un dolor enorme al saber que aquella belleza estaba en peligro. Pero aquella belleza le sonrió y empezó a desnudarse ante él. Miraba su cuerpo, que se desnudaba, como si estuviera despidiéndose de él. Los pechos, esos hermosos pechos, limpios e inmaculados, la cintura estrecha, el pubis, por el que acababan de deslizarse las bragas. La miraba con la nostalgia con que se mira un recuerdo. Como a través de un cristal. Como a distancia. La desnudez de ella estaba tan lejana que no sentía la menor excitación. Y a pesar de eso bebía aquella imagen con mirada ávida. Bebía aquella desnudez como el condenado a muerte bebe su última copa. Bebía aquella desnudez como bebemos el pasado perdido y la vida perdida.

Kamila se le aproximó:

–¿Qué? ¿Te vas a quedar vestido?

No tenía más remedio que desnudarse y estaba tremendamente triste.

–No pienses que tienes derecho a estar cansado ahora que he venido a verte. Tengo ganas de ti.

Sabía que no era verdad. Sabía que Kamila no tenía el menor deseo de hacerle el amor y que, si se esforzaba por provocarlo, era sólo porque veía su tristeza y se la atribuía al amor por otra mujer. Sabía (¡Dios mío, cómo la conocía!) que con su incitación quería comprobar hasta qué punto estaba ocupado pensando en otra mujer y que deseaba torturarse con la tristeza de él.

–Estoy realmente cansado –dijo.

Ella le abrazó y le condujo a la cama.

–Ya verás como te quito el cansancio –dijo ella y empezó a jugar con su cuerpo desnudo.

Yacía como en una mesa de operaciones. Sabía que todos los esfuerzos de su mujer serían vanos. Su cuerpo se encerraba en sí mismo, se metía hacia dentro y no había en él la menor capacidad de expansión. Kamila recorría con la boca húmeda todo su cuerpo y él sabía que quería torturarlo, y torturarse a sí misma, y la odiaba. La odiaba con toda la dimensión de su amor: había sido ella misma, con sus celos, con su manía de espiarlo, con su desconfianza, había sido ella misma, con su visita de hoy, la que había hecho que todo se perdiera, que su matrimonio estuviera minado por una carga situada en un vientre ajeno, una carga que explotaría dentro de siete meses y lo barrería todo. Había sido ella misma la que, con su miedo despavorido a perder el amor de él, lo había destruido todo.

Ella apoyó la boca contra su pubis y él sintió que su miembro se encogía bajo sus roces, que escapaba de ella, que era cada vez más pequeño y estaba cada vez más angustiado. Y sabía que Kamila veía en la falta de apetito de su cuerpo la dimensión de su amor por otra mujer. Sabía que estaba sufriendo terriblemente y que, cuanto más sufriera ella, más lo haría sufrir a él y más acariciarían los labios húmedos de ella su cuerpo inerme.

No había nada que jamás hubiera deseado menos que hacer el amor con esta muchacha. Deseaba darle felicidad y rodearla de bondad, pero aquella bondad no sólo no tenía nada que ver con el deseo amoroso, sino que lo excluía directamente, porque pretendía ser pura, desinteresada y separada de cualquier placer.

¿Pero qué podía hacer ahora? ¿Debía rechazar a Olga para que su bondad fuese inmaculada? Sabía que no podía hacerlo. Su rechazo hubiese herido a Olga y probablemente la hubiese dejado marcada por mucho tiempo. Comprendió que debía beber el cáliz de la bondad hasta el fondo.

Y cuando de pronto se quedó desnuda ante él, pensó que su cara era fina y agradable. Pero el consuelo era pequeño si la veía en conjunto con el cuerpo, que parecía un tallo largo y delgado sobre el que estaba colocada una flor de larga cabellera, desproporcionadamente grande.

Pero cualquiera que fuese su aspecto, Jakub sabía que no tenía escapatoria. Además sintió que su cuerpo (aquel cuerpo esclavo) ya estaba de nuevo completamente listo para elevar su dispuesta lanza. Sin embargo, le pareció que su excitación tenía lugar en alguna otra persona, lejos, fuera de su alma, como si él mismo no participase de su excitación y como si en silencio sintiese desprecio por aquella excitación. Su alma estaba lejos de su cuerpo y estaba llena de pensamientos sobre un veneno en un bolso ajeno. Lo único que hacía era registrar que, lamentablemente, el cuerpo se lanzaba ciega y desconsideradamente en pos de sus insignificantes intereses.

Y en ese momento se le pasó por la cabeza un recuerdo que duró un segundo: Tenía alrededor de diez años cuando se enteró de cómo nacían los niños y desde entonces aquella imagen lo perseguía cada vez más, a medida que con los años iba conociendo mejor la materia concreta del organismo femenino. Desde entonces se imaginaba con frecuencia su nacimiento; se imaginaba el cuerpecito pasando por ese túnel estrecho y húmedo, su boca y su nariz llenas de esa extraña mucosidad; se imaginaba que estaba todo untado y señalado por ella. Sí, aquella mucosidad femenina le había dejado señalado, para poder ejercer su poder sobre Jakub durante toda su vida, para poder tener derecho a que acudiese a su llamada en cualquier momento y a darles órdenes a los extraños mecanismos de su cuerpo. Todo aquello le producía repugnancia y se resistía a aquella servidumbre negándose, al menos, a entregarle su alma a las mujeres, defendiendo su libertad y su soledad, limitando el *dominio* de la mucosidad sólo a ciertas horas de su vida. Sí, quizá por eso quería tanto a Olga, porque para él estaba más allá de la frontera del sexo, porque estaba seguro de que nunca le recordaría, con su cuerpo, la humillante manera en que había nacido.

Se esforzó por apartar aquellos pensamientos, porque entretanto la situación en el diván evolucionaba con rapidez y en unos instantes él debía penetrar en el cuerpo de ella y no quería hacerlo pensando en el asco. Se dijo a sí mismo que aquella mujer que se le abría era el ser al que dedicaba el único amor limpio de su vida y que, si hace ahora el amor con ella, es sólo para que sea feliz, para que esté satisfecha, para que esté orgullosa de sí misma y alegre.

Y luego se quedó sorprendido de su propia actitud: se movía encima de ella como si se balancease sobre las olas de la bondad. Se sentía feliz, estaba a gusto. Su alma se había identificado humildemente con la actividad de su cuerpo, como si hacer el amor no fuera más que la expresión corporal de un amor bondadoso, de un sentimiento puro hacia el prójimo. No había ya obstáculo alguno, nada que sonase con tono falso. Estaban estrechamente abrazados y sus respiraciones se confundían en una.

Fueron unos minutos hermosos y prolongados, y después

Olga le dijo al oído una palabra lasciva. Se la susurró una vez y luego otra y otra más, excitada ella misma por esa palabra.

Y entonces las olas de la bondad se abrieron de pronto, y Jakub se encontró con la chica en medio del desierto.

No, otras veces, cuando hacía el amor, no tenía nada en contra de las palabras lascivas. Despertaban en él la sensualidad y la crueldad. De ese modo las mujeres se volvían agradablemente ajenas para su alma y agradablemente apetecibles para su cuerpo.

Pero la palabra lasciva en boca de Olga destruyó de pronto toda la dulce ilusión. Le despertó del sueño. La nube de bondad se dispersó y de pronto se encontró con Olga entre sus brazos tal como la había visto un rato antes: con la gran flor de la cabeza, bajo la cual tiembla el delgado tallo del cuerpo. Aquel ser conmovedor se comportaba provocativamente como una furcia, sin dejar de ser conmovedora, de modo que las palabras lascivas tenían un sonido cómico y triste.

Pero Jakub sabía que no podía permitir que nada de aquello se notase, que tenía que aguantar, que tenía que beber y seguir bebiendo del amargo cáliz de la bondad, porque aquel abrazo absurdo era su única buena obra, su única redención (no había dejado de recordar, ni por un momento, el veneno en el bolso ajeno), su única salvación.

29

Como una gran perla entre las dos mitades de la concha, el lujoso apartamento de Bertlef está cerrado a ambos lados por habitaciones menos lujosas, en las que están Jakub y Klima. Pero en las dos habitaciones de los extremos reina hace tiempo ya el silencio y la tranquilidad, mientras Ruzena gime aún en brazos de Bertlef, en su último goce.

Después se tiende en silencio a su lado y él le acaricia la cara. Al cabo de un rato se pone a llorar. Llora durante mucho tiempo, hundiendo la cabeza en el pecho de él.

Bertlef la acaricia como a una chiquilla y ella se siente realmente pequeña. Pequeña como nunca hasta entonces (nunca se había escondido de ese modo en el pecho de nadie), pero también mayor como nunca hasta entonces (nunca ha gozado tanto como hoy). Y el llanto se la lleva con movimientos entrecortados hacia una sensación de deleite que tampoco había conocido nunca.

¿Dónde está ahora Klima y dónde está Frantisek? Están en algún sitio lejano en medio de la niebla, son figuras que se alejan hacia el horizonte, leves como plumas. ¿Y dónde está su obstinado deseo de hacerse con uno de ellos y librarse del otro? ¿Dónde están sus rabias tensas, ese silencio ofendido en el que se encerró hoy desde la mañana como en un caparazón?

Está acostada, aún gimotea y él le acaricia la cara. Le dice que duerma, que él se acostará en su cama de la habitación contigua. Y Ruzena abre los ojos y lo mira: Bertlef está desnudo, entra en el cuarto de baño (se oye correr el agua), después vuelve y abre el armario, saca una manta y la pone con suavidad encima del cuerpo de Ruzena.

Ruzena ve las varices de sus muslos. Cuando se inclinó sobre ella, advirtió que sus cabellos canos y ondulados eran escasos y que por debajo se veía la piel. Sí, Bertlef es un cincuentón, un poco barrigudo incluso, pero a Ruzena no le importa. Al contrario, su edad la tranquiliza, su edad ilumina con luz radiante la juventud de ella, hasta ahora gris e inexpresiva, de modo que se siente llena de vida, siente que está al comienzo mismo de su camino. En su presencia, descubre de pronto que aún será joven durante mucho tiempo, que no tiene por qué darse prisa ni temer el tiempo. Bertlef vuelve a sentarse junto a ella, la acaricia y ella tiene la sensación de que, no sólo está escondida en el tranquilizador roce de sus dedos, sino también en el consolador regazo de sus años.

Y luego, de repente, se pierde, atraviesan por su cabeza las confusas imágenes del primer intento de sueño. Vuelve a despertarse y le parece que toda la habitación está inundada por una extraña luz azul. ¿Qué extraña radiación es ésa que nunca ha visto? ¿Acaso ha descendido la luna hasta aquí, envuelta en un manto azulado? ¿O sueña con los ojos abiertos?

Bertlef le sonríe y sigue acariciándole la cara.

Y ella cierra ahora ya definitivamente los ojos llevada por el sueño.

Día quinto

1

Aún estaba oscuro cuando Klima se despertó de un sueño muy ligero. Quería encontrar a Ruzena antes de que fuese a trabajar. Pero ¿cómo explicarle a Kamila que va a alguna parte antes de que se haga de día?

Miró el reloj: eran las cinco. Sabía que, si no quería que Ruzena se le escapase, tenía que levantarse ya, pero no se le ocurría ninguna excusa. El corazón se le aceleraba por la excitación, pero no había nada que hacer, se levantó y empezó a vestirse, en silencio, para no despertar a Kamila. Cuando se estaba abrochando la chaqueta, se oyó su voz. Era una vocecita aguda que hablaba entre sueños:

–¿Adónde vas?

Se acercó a la cama y la besó suavemente en la boca:

–Duerme, vuelvo en seguida.

–Te acompaño –dijo Kamila, pero volvió a quedarse dormida.

Klima salió rápidamente por la puerta.

2

¿Es posible? ¿Sigue andando de un lado para otro?

Sí. Pero ahora se ha detenido. En la entrada del Richmond acababa de ver a Klima. Se escondió y luego lo siguió disimuladamente hasta el Edificio Marx. Pasó por la portería (el portero dormía) y se quedó junto a la esquina del pasillo en el que estaba la habitación de Ruzena. Vio al trompetista llamar a la puerta de Ruzena. No le abrieron. Klima volvió a llamar varias veces, después dio media vuelta y se marchó.

Frantisek salió del edificio tras él. Le vio alejándose por la calle en dirección al balneario, donde Ruzena empezaba a trabajar dentro de media hora. Entró corriendo en el Edificio Marx, llamó a la puerta de Ruzena y le susurró en voz alta por el ojo de la cerradura:

–¡Soy yo! ¡Frantisek! ¡No tengas miedo! ¡A mí puedes abrirme!

Nadie le respondió.

3

Ruzena se despertaba siempre a las cinco y media. Ese día, aunque se había quedado dormida tan a gusto, el sueño tampoco duró más. Se levantó, se vistió y entró después de puntillas en la pequeña habitación contigua.

Bertlef yacía de lado, respiraba profundamente, y el cabello, que durante el día llevaba cuidadosamente peinado, estaba revuelto y dejaba al descubierto la piel desnuda del cráneo. Cuando dormía, su cara parecía más gris y envejecida. En la mesilla de noche había varios frascos de medicamentos que a Ruzena le recordaron un hospital. Pero nada de eso le importaba. Le miró y sintió que las lágrimas afloraban a sus ojos. No había conocido noche más hermosa que la pasada. Sentía un extraño deseo de arrodillarse ante él. No lo hizo, pero se agachó y le besó con suavidad en la frente.

Cuando estaba ya en la calle y se aproximaba a la Casa de Baños, Ruzena vio a Franstisek que venía hacia ella.

Ayer mismo aquel encuentro la hubiera puesto nerviosa. Aunque amaba al trompetista, Frantisek significaba mucho para ella. Formaba con Klima una pareja inseparable. Uno significaba lo vulgar, el otro el sueño; uno la quería, el otro no; de uno quería escapar, al otro lo deseaba. Cada uno de ellos determinaba el sentido de la existencia del otro. Cuando decidió que estaba embarazada de Klima, no borró a Frantisek de su vida; por el contrario, fue Frantisek quien la llevó a tomar esa decisión. Estaba en medio de los dos hombres como en medio de los dos polos de su vida; eran el norte y el sur de su planeta y ella no conocía otro planeta más que aquél.

Pero esta mañana había comprendido de pronto que aquél no era el único planeta habitable. Comprendió que era posible vivir sin Klima y también sin Frantisek; que no había motivo para darse prisa; que había tiempo de sobra; que era posible dejarse conducir por un hombre sabio y maduro fuera de aquel territorio maldito donde se envejecía tan aprisa.

–¿Dónde pasaste la noche? –le espetó.

–¿A ti qué te importa?

–Fui a tu casa. No estabas.

–No es asunto tuyo dónde haya estado –dijo Ruzena y, sin detenerse, se dirigió a la entrada de la Casa de Baños–. Y no me sigas. No quiero que me sigas.

Frantisek se detuvo delante de la Casa de Baños y, como le dolían los pies después de haberse pasado la noche andando, se sentó en un banco desde el cual podía observar la entrada.

Ruzena subió corriendo por la escalera, en el primer piso entró en una amplia sala de espera junto a cuyas paredes había bancos y sillones para los pacientes.

Delante de la puerta de su sección estaba sentado Klima.

–Ruzena –se levantó mirándola con ojos de desesperación–, por favor. Por favor, sé razonable y vayamos juntos allí.

Su angustia estaba al desnudo, desprovista de toda la demagogia amorosa que tanto esfuerzo le había costado los días precedentes.

Ruzena le dijo:

–Quieres librarte de mí.

Él se asustó:

–No quiero librarme de ti. Al contrario. Todo esto es para que podamos querernos aún más.

–No mientas –dijo Ruzena.

–Ruzena, ¡por favor! ¡Habrá una desgracia si no vas!

–¿Quién dijo que no iré? Pero nos quedan tres horas. No son más que las seis. ¡Vete tranquilamente a dormir con tu mujer!

Cerró la puerta tras de sí, se puso la bata blanca y le dijo a la cuarentona:

–Hazme el favor, a las nueve voy a tener que salir. ¿Puedes ocuparte de esto durante una hora?

–Así que te has dejado convencer –dijo la compañera en tono de reproche.

–No me he dejado convencer. Me he enamorado –dijo Ruzena.

4

Jakub se acercó a la ventana y la abrió. Pensaba en la tableta azul pálido y no podía creer que de verdad se la hubiera dado ayer a aquella mujer desconocida. Miró el azul del cielo y aspiró el aire fresco de la mañana otoñal. El mundo que veía a través de la ventana era normal, sereno, natural. La historia del día anterior con la enfermera le parecía absurda e improbable.

Cogió el teléfono y marcó el número de la Casa de Baños.

Pidió que le pusieran con la enfermera Ruzena en la sección de mujeres. Esperó durante un largo rato. Después oyó una voz de mujer. Repitió que quería hablar con la enfermera Ruzena. La voz le respondió que la enfermera Ruzena estaba ahora en la piscina y que no podía ponerse. Dio las gracias y colgó.

Sintió un enorme alivio: la enfermera vive. Las tabletas del tubo se toman tres veces al día, debió habérselas tomado ayer por la noche y hoy por la mañana y, por lo tanto, hacía tiempo que había tomado aquella tableta. De pronto lo vio todo con claridad: la tableta azul pálido que llevaba en el bolsillo como garantía de su libertad era una estafa. Su amigo le había regalado la tableta de la ilusión.

Dios mío, ¿cómo es posible que nunca se le hubiese ocurrido? Volvió a acordarse de aquel lejano día en que le pidió al amigo el veneno. Acababa de salir de la cárcel, y ahora entiende, desde una perspectiva de muchos años, que cualquiera tenía que pensar que su petición no era más que un gesto teatral con el que pretendía llamar retrospectivamente la atención sobre los padecimientos que había sufrido. Pero Skreta le prometió sin vacilar lo que le pedía y unos días más tarde le trajo una reluciente tableta azul pálido. ¿Para qué iba a vacilar y a tratar de convencerle de algo? Actuó con mucho mayor astucia que los que rechazaron su petición. Le dio una inofensiva ilusión de tranquilidad y seguridad, y además se ganó con ello su amistad de por vida.

¿Cómo es posible que nunca se le hubiera ocurrido? Ya entonces le pareció un poco raro que Skreta le diera el veneno en forma de una píldora corriente, de producción industrial. Sabía, eso sí, que como bioquímico tenía acceso a los venenos, pero no entendía cómo podía disponer de las máquinas con las que se hacían los comprimidos. Pero no pensó en ello. Aunque dudaba de todo, creía en la tableta como en el Evangelio.

Claro que ahora, en un momento de gran alivio, le estaba agradecido al amigo por su impostura. Estaba feliz de que la enfermera viviese y de que toda aquella absurda historia de ayer no fuese más que una pesadilla y un mal sueño. Pero no hay nada en el mundo que dure demasiado y, tras las menguantes olas de la sensación de alivio, llegó la débil vocecilla de la lamentación:

¡Qué ridículo! ¡La tableta que llevaba en el bolsillo le otorgaba a cada uno de sus pasos un patetismo teatral y le permitía convertir su vida en un grandioso mito! Estaba convencido de llevar la muerte en el sedoso papelillo y en vez de eso no llevaba más que la callada risa de Skreta.

Jakub sabía que, al fin y al cabo, su amigo había actuado bien, sin embargo le parecía que aquel Skreta al que amaba se había convertido de pronto en un médico corriente, como los hay a miles. Y es que aquella naturalidad con la que le había confiado el veneno sin vacilar lo convertía en una persona totalmente distinta a las que Jakub conocía. En su actitud había algo inverosímil. Actuaba de un modo diferente a como suelen actuar unas personas con otras. No se le había ocurrido pensar que Jakub pudiera hacer mal uso del veneno en un ataque de histeria o de depresión. Se dirigía a él como a un hombre que es plenamente dueño de sí mismo y no tiene debilidades humanas. Se relacionaban entre sí como dos Dioses que se ven obligados a vivir entre la gente –¡y eso era hermoso!–. Había sido inolvidable. Y de pronto había desaparecido.

Jakub miró el azul del cielo y se dijo: «Hoy me ha dado alivio y tranquilidad. Y al mismo tiempo me ha privado de sí mismo, de mi Skreta».

5

Klima estaba dulcemente embriagado por el asentimiento de Ruzena, pero ni la mayor recompensa lo hubiera hecho salir de la sala de espera. La desaparición de Ruzena, ayer, se le había grabado en la memoria como una amenaza. Estaba decidido a esperar pacientemente para que nadie la disuadiese, se la llevase, la secuestrase.

Empezaron a pasar junto a él las pacientes, entraban por la puerta tras la que había desaparecido Ruzena, algunas se quedaban allá, otras regresaban al pasillo y se sentaban en los sillones situados a lo largo de la pared, y todas miraban inquisitivamente a Klima, porque en esta sección de mujeres no solían aparecer hombres en la sala de espera.

Después apareció por la puerta una mujer gorda con bata blanca y lo miró prolongadamente; luego se le acercó y le preguntó si esperaba a Ruzena. Se ruborizó y dijo que sí.

–No hace falta que espere. Tiene tiempo hasta las nueve –lo dijo con impertinente familiaridad y a Klima le pareció que todas las mujeres a su alrededor lo oían y sabían de qué se trataba.

Eran cerca de las nueve menos cuarto cuando Ruzena salió por la puerta vestida de calle. Se puso a caminar junto a ella y salieron en silencio del edificio. Los dos estaban ocupados con sus propios pensamientos y no se dieron cuenta de que Frantisek, escondido entre los arbustos del parque, iba tras ellos.

6

A Jakub ya no le queda más que despedirse de Olga y de Skreta, pero antes quiere pasear un momento a solas (por última vez) por el parque y mirar con nostalgia los árboles que parecen llamas.

Salió al pasillo en el momento en que cerraba la puerta de la habitación de enfrente una mujer joven cuya esbelta figura le llamó la atención. Al verle la cara, se quedó maravillado de su belleza.

–¿Es usted amiga del doctor Skreta? –le preguntó.

La mujer le sonrió amablemente:

–¿Cómo lo sabe?

–Porque sale de la habitación que el doctor Skreta utiliza para sus amigos –dijo Jakub y se presentó.

–Encantada. Soy la señora Klima. El doctor le dejó esta habitación a mi marido. Precisamente lo estoy buscando. Seguramente estará con el doctor. ¿No sabe dónde podría encontrarle?

Jakub miraba con insaciable deleite el joven rostro de la mujer y se le pasó por la cabeza (¡una vez más!) que, siendo su último día aquí, todos los acontecimientos adquirían una significación especial y se convertían en un mensaje simbólico.

Pero ¿qué debía transmitirle aquel mensaje?

–Puedo acompañarla a ver al doctor Skreta –dijo.

–Se lo agradecería mucho –respondió ella.

Eso, ¿qué debía transmitirle aquel mensaje?

Ante todo que no se trata más que de un mensaje. Dentro de dos horas Jakub se irá y de este hermoso ser no le quedará nada. Esta mujer ha venido a mostrársele como privación. La ha encontrado sólo para darse cuenta de que no puede ser suya. La ha encontrado sólo como imagen de todo lo que pierde con su partida.

–Es curioso –dijo–. Hoy será probablemente la última vez en la vida en que hable con el doctor Skreta.

Pero el mensaje que esta mujer le trae dice algo más. Llegó para anunciarle, en el último momento, la belleza. Sí, la belleza, y Jakub se dio cuenta, casi asustado, de que en realidad nunca había sabido nada de ella, de que no le hacía caso y no vivía para ella. La belleza de esa mujer le fascinaba. De pronto tuvo la sensación de que en todas sus decisiones siempre había cometido algún error. De que había olvidado contar con determinada magnitud. Le pareció que, si hubiese conocido a esta mujer, hubiera tomado otra decisión.

–¿Cómo es que va a hablar con él por última vez?

–Me voy al extranjero. Y por mucho tiempo.

No es que no hubiese tenido a mujeres guapas, pero su encanto siempre había sido para él algo complementario. Lo que lo impulsaba a conquistar a las mujeres era el deseo de venganza, era la tristeza y el descontento o la compasión y la lástima, el mundo de las mujeres se confundía para él con su amargo drama en este país, en el que había sido perseguidor y perseguido y donde había vivido muchas peleas y pocos idilios. Pero esta mujer se le mostraba de pronto separada de todo aquello, separada de su vida, había llegado desde fuera, había aparecido, se le había aparecido no sólo como mujer bella, sino como la belleza misma y le venía a decir que aquí se podía vivir de otro modo y para otra cosa, que la belleza es más que la justicia, que la belleza es más que la verdad, que es más real, más indudable y hasta más alcanzable, que la belleza está por encima de todo y que en este momento ya está definitivamente perdida para él. Que sólo había venido a mostrársele en el último momento, para que no pensase que lo había conocido todo y que había vivido su vida hasta el fondo de todas las posibilidades.

–Le envidio –dijo ella.

Luego atravesaron juntos el parque, el cielo estaba azul, los arbustos del parque amarillos y rojos, y a Jakub se le volvió a ocurrir que aquélla era la imagen del fuego en el que se consumían todas sus historias pasadas, sus recuerdos y sus oportunidades.

–No tiene nada que envidiarme. En este momento tengo la sensación de que no debería irme a ninguna parte.

–¿Por qué? ¿Le ha empezado a gustar esto en el último momento?

–Usted me ha empezado a gustar. Me ha empezado a gustar terriblemente. Es enormemente hermosa.

Lo dijo sin saber ni cómo y pensó inmediatamente que se podía decir todo, porque dentro de un par de horas ya no estaría aquí y sus palabras no tenían consecuencia alguna para él ni para ella. Aquella libertad repentinamente descubierta le embriagaba.

–He vivido como si estuviera ciego. Como ciego. Hoy he comprendido por primera vez que existe la belleza. Y que se me ha escapado.

Ella se le fundía con la música y los cuadros, con ese reino en el que nunca había penetrado, se le fundía con los colores de los árboles a su alrededor y de pronto no vio en ella mensajes y significados (la imagen del fuego o la consunción), sino única y exclusivamente el éxtasis de la belleza misteriosamente despertada por el contacto de sus huellas, por el golpear de su voz.

–Haría cualquier cosa para conseguirla. Me gustaría tirarlo todo y volver a vivir la vida de otro modo y sólo por usted y para usted. Pero no puedo, porque en este momento en realidad ya no estoy aquí. Debía haberme ido ayer y aquí ya no soy más que mi propio retraso.

Claro que sí, ahora comprendía por qué había podido encontrarla. Este encuentro se desarrollaba al margen de su vida, en alguna parte escondida de su destino, en el revés de su biografía. Pero eso mismo le permitía hablarle con mayor soltura, hasta que de pronto sintió que ni aun así era capaz de decirle todo lo que hubiera querido.

Le tocó la mano y le indicó:

–Aquí es donde atiende el doctor Skreta. Suba al primer piso.

La señora Klima le miró prolongadamente y Jakub absorbió su mirada, húmeda y blanda como la distancia. Volvió a tocarle la mano, dio media vuelta y se alejó.

Pero después lanzó una mirada hacia atrás y vio que la señora Klima seguía inmóvil mirándole. Se giró varias veces más y ella seguía mirándole.

7

En la sala de espera había unas veinte mujeres nerviosas; Ruzena y Klima ya no tenían dónde sentarse. Frente a ellos había en la pared grandes carteles con consignas destinadas a disuadir a las mujeres de abortar.

«*Mamá, ¿por qué no me quieres?*» estaba escrito con grandes letras en un cartel desde el que sonreía un niño acostado en un edredón; debajo del niño había un poema impreso con grandes letras acerca de un niño que aún no había nacido y le pedía a su madre que no lo rasparan, prometiéndole a cambio mil satisfacciones: «*¿En qué brazos quieres morir, mamá, si no dejas que nazca?*».

En otros carteles había grandes fotografías de sonrientes madres empujando sus cochecitos y fotografías de niñitos haciendo pis. (Klima pensó que un niñito haciendo pis era un argumento irrefutable a favor del nacimiento de los niños. Recordó que una vez en el cine había visto en el informativo semanal a un niñito que hacía pis y toda la sala se había llenado de felices suspiros femeninos.)

Tras un momento de espera, Klima llamó a la puerta; salió la enfermera y Klima pronunció el nombre del doctor Skreta. El doctor apareció al cabo de un momento, le entregó a Klima un impreso y le dijo que lo rellenase y esperase pacientemente.

Klima apoyó el impreso en la pared y empezó a rellenar los distintos apartados: nombre, fecha de nacimiento, lugar de nacimiento. Ruzena le iba dictando en voz baja. Entonces llegó al apartado que ponía: «*nombre del padre*». Se detuvo. Era horrible ver ese deshonroso título en letras de molde y añadirle el nombre de uno mismo.

Ruzena miró la mano de Klima y notó que le temblaba. Aquello la llenó de satisfacción:

–Venga, escribe –le dijo.

–¿Qué nombre tengo que poner? –susurró Klima.

Le parecía cobarde y amedrentado, y lo despreciaba. Todo le da miedo, le da miedo su propia responsabilidad y hasta le da miedo su propia firma en un impreso oficial.

–Oye, creo que está muy claro cuál es el nombre que tienes que poner –dijo.

–Pensé que daba igual –dijo Klima.

Ya no significaba nada para ella, pero en lo más profundo de su alma estaba convencida de que este cobarde la había ofendido; disfrutaba con la idea de castigarlo:

–Si pretendes mentir, es difícil que nos pongamos de acuerdo.

Cuando terminó de poner su nombre en el apartado, añadió con un suspiro:

–De todos modos, todavía no sé qué haré...

–¿Cómo?

Miró su cara asustada:

–Hasta que no me lo quiten, siempre puedo cambiar de idea.

8

Estaba sentada en el sillón, con las piernas apoyadas en la mesa, mirando una novela de detectives que había comprado para combatir el aburrimiento del balneario. Pero leía sin concentrarse, porque volvían permanentemente a su cabeza las situaciones y las palabras de la noche anterior. Ayer le había gustado todo, pero más que nada ella misma. Por fin había sido tal como siempre había querido ser: no era una víctima de las decisiones de los hombres, sino la artífice de su propia historia. Se había deshecho radicalmente del papel de ingenua protegida, que

Jakub le había asignado, y lo había transformado ella misma a su gusto.

Se encontraba elegante, independiente y audaz. Estaba mirando sus piernas, apoyadas en la mesa, enfundadas en unos vaqueros blancos ajustados y, cuando llamaron a la puerta, respondió con alegría:

–¡Pasa, te estaba esperando!

Jakub entró con cara de tristeza.

–Hola –dijo y mantuvo por un momento las piernas encima de la mesa.

Le dio la impresión de que Jakub estaba perplejo y eso la alegró. Se acercó a él y le dio un beso en la cara.

–¿Vas a quedarte un momento?

–No –dijo Jakub con voz triste–. Esta vez ya me despido de verdad. Me marcho dentro de un rato. Pensé que te podría acompañar a la Casa de Baños por última vez.

–Muy bien –dijo Olga con alegría–, podemos dar un paseo.

9

Jakub estaba repleto hasta el borde de la imagen de la hermosa señora Klima y tuvo que hacer cierto esfuerzo para venir a despedirse de Olga, que ayer le había dejado el alma confusa y turbia. Pero por nada del mundo hubiera permitido que ella lo notase. Estaba dispuesto a comportarse con el mayor tacto, para que ni siquiera se le pasase por la cabeza lo escasos que habían sido el placer y la alegría que había encontrado ayer al hacer el amor con ella, para que pudiera guardar de él los mejores recuerdos. Ponía cara seria, pronunciaba con acento melancólico frases que nada querían decir, tocaba suavemente su mano, de vez en cuando le acariciaba el pelo y, cuando ella lo miraba a los ojos, trataba de mirarla con añoranza.

Mientras caminaban, ella le propuso ir a tomar un vino, pero Jakub quería acortar al máximo el último encuentro, porque le resultaba agotador.

–Despedirse es algo demasiado triste. No quiero que se prolongue –dijo.

Junto a la entrada de la Casa de Baños le cogió las dos manos y la miró profundamente a los ojos.

Olga dijo:

–Jakub, eres muy amable por haber venido. La de ayer fue una noche preciosa. Estoy contenta de que hayas dejado de portarte como si fueras mi papá y te hayas convertido en Jakub. Fue fantástico. ¿A que fue fantástico?

Jakub comprendió que ella no entendía nada. ¿Es posible que una chica sensible como ésta no haya visto en el acto amoroso de ayer más que una simple diversión? ¿Que el alegre recuerdo de una noche de amor pese más que la tristeza de una despedida para toda la vida?

Le dio un beso. Ella le deseó buen viaje y se encaminó hacia el amplio portal de la Casa de Baños.

10

Llevaba ya dos horas paseando delante del edificio de la clínica y estaba perdiendo la paciencia. Se repetía constantemente que no debía hacer escándalos, pero sentía que su capacidad de autocontrol estaba llegando al límite de sus fuerzas.

Entró en el edificio. El balneario no era demasiado grande y todos le conocían. Le preguntó al portero si había visto pasar a

Ruzena. El portero asintió y dijo que había subido en ascensor. Sólo se subía en ascensor al tercer piso, a los demás se subía a pie, de modo que sus sospechas podían limitarse a los dos pasillos de la parte superior del edificio. A un lado estaban las oficinas, al otro la sección de ginecología. Atravesó el primer pasillo (estaba desierto) y pasó luego al segundo, con la desagradable sensación de que a los hombres les estaba prohibido el acceso. Después se encontró con una enfermera a la que conocía de vista. Le preguntó por Ruzena. Le señaló la puerta al final del pasillo. La puerta estaba abierta y junto a ella, de pie, estaban algunos hombres y mujeres. Frantisek entró, había unas cuantas mujeres más, sentadas, pero no estaban ni el trompetista ni Ruzena.

–¿No han visto a una chica, una chica rubia?

Una señora señaló hacia la puerta del despacho:

–Están dentro.

«Mamá, ¿por qué no me quieres?», leyó Frantisek y vio en los demás carteles las fotografías de los bebés y los chiquillos haciendo pis. Empezaba a comprender de qué se trataba.

11

En la habitación había una mesa alargada. En uno de los extremos estaban sentados Klima y Ruzena, y frente a ellos se elevaba el doctor Skreta con dos voluminosas señoras a su lado.

El doctor Skreta miró a los dos candidatos e hizo un gesto de disgusto con la cabeza:

–Me entristece verlos. ¿Saben ustedes los esfuerzos que hacemos aquí por devolver la fertilidad a las infelices mujeres que no pueden tener hijos? Y ustedes, personas jóvenes, sanas, apuestas, quieren deshacerse de lo más preciado que hay en la vida. Les advierto tajantemente que esta comisión no está aquí para apoyar los abortos, sino para regularlos.

Las dos mujeres emitieron un sonido de aprobación y el doctor Skreta continuó condenando la actitud de ambos candidatos. Klima podía oír los latidos de su corazón. Suponía, claro está, que el doctor Skreta no hablaba para él, sino para sus dos asesoras, que odiaban con toda la fuerza de sus maternales barrigas a las mujeres jóvenes que se negaban a parir, pero le aterrorizaba pensar que aquellas palabras pudieran hacer mella en Ruzena. ¿No le había dicho hacía un rato que aún no estaba decidida?

–¿Para qué quieren vivir? –continuó el doctor Skreta–. Una vida sin hijos es como un árbol sin hojas. Si yo pudiera, prohibiría el aborto. ¿No es angustioso ver cómo año tras año disminuye la población? ¡En nuestro país, donde las madres y los hijos están mejor atendidos que en ningún sitio del mundo! ¡En nuestro país, donde nadie tiene que temer por su futuro!

Las dos mujeres volvieron a emitir sonidos de aprobación y el doctor Skreta continuó:

–El camarada está casado y tiene miedo de asumir ahora todas las consecuencias de su irresponsable contacto sexual. ¡Eso tenía que haberlo pensado antes, camarada!

El doctor Skreta se quedó en silencio durante un momento y luego volvió a dirigirse a Klima:

–No tiene usted hijos. ¿No puede divorciarse de su mujer en nombre de este hijo que aún no ha nacido?

–No puedo –dijo Klima.

–Ya lo sé –suspiró el doctor Skreta–. He recibido el informe del siquiatra, me dice que la señora Klima tiene tendencia al suicidio. El nacimiento del niño pondría en peligro su vida, destrozaría el matrimonio y la enfermera Ruzena sería madre soltera. Qué podemos hacer –suspiró otra vez y les pasó el impreso a las dos mujeres que pusieron su firma en el apartado correspondiente–. Se presentará para efectuar la intervención la semana próxima, el lunes a las ocho de la mañana –le dijo el doctor Skreta a Ruzena y le indicó que podía retirarse.

–Pero usted no se vaya todavía –le dijo una de las señoras gordas a Klima. Ruzena se marchó y la mujer dijo–: La interrupción del embarazo no es una cosa tan sencilla como usted cree. Se produce una gran pérdida de sangre. Con su irresponsabilidad le ha robado a la camarada su sangre y por eso es justo que done la suya. –Puso delante de Klima una especie de impreso y le dijo–: Firme aquí.

Klima, confundido, firmó sin protestar.

–Es una solicitud de inscripción como donante voluntario de sangre. Puede pasar al consultorio que está aquí al lado, la enfermera le extraerá inmediatamente la sangre.

12

Ruzena atravesó cabizbaja la sala de espera y no vio a Frantisek hasta que se dirigió a ella en el pasillo.

–¿Dónde estuviste?

Se asustó de la expresión de furia que tenía él y apretó el paso.

–Te pregunto dónde estuviste.

–¿A ti qué te importa?

–Ya sé dónde estuviste.

–Si lo sabes, no preguntes.

Bajaron por la escalera y Ruzena iba muy deprisa porque quería librarse de Frantisek y de la conversación.

–Era la comisión de abortos –dijo Frantisek.

Ruzena callaba. Salieron del edificio.

–Era la comisión de abortos. Lo sé. Y tú quieres deshacerte de él.

–Haré lo que me dé la gana.

–No harás lo que te dé la gana. También es cosa mía.

Ruzena se daba prisa, casi corría. Frantisek corría tras ella. Al llegar al portal de la Casa de Baños, le dijo:

–No te atrevas a seguirme. Tengo que trabajar. No puedes interrumpirme mientras trabajo.

Frantisek estaba indignado:

–¡No te atrevas tú a decirme nada!

–¡No tienes derecho!

–¡Tú eres la que no tenía derecho!

Ruzena entró corriendo en el edificio y Frantisek tras ella.

13

Jakub estaba contento de haber acabado ya y de que no le quedase más que lo último: despedirse de Skreta. Fue cruzando lentamente el parque desde la Casa de Baños hasta el Edificio Marx.

Hacia él, desde lejos, venía por el ancho camino del parque una maestra con unos veinte niños del jardín de infancia. La maestra llevaba en la mano un largo cordón rojo y todos los niños, que marchaban en fila tras ella, iban cogidos de él. Los niños avanzaban lentamente y la maestra les enseñaba los arbustos y los árboles, nombrándolos uno por uno. Jakub se detuvo, porque nunca había sabido nada de ciencias naturales y siempre olvidaba que el arce se llamaba arce y la jara, jara.

Jakub observó a los niños. Todos llevaban abrigos azules y gorros rojos. Parecían hermanitos. Miró sus caras y le dio la impresión de que eran todos iguales y no sólo por la indumentaria. Por lo menos siete de ellos tenían la nariz llamativamente grande y la boca ancha. Se parecían al doctor Skreta.

Recordó al niño narigudo del restaurante del bosque. ¿Y si el sueño eugenésico de Skreta fuese algo más que un juego de ideas? ¿Si fuese verdad que en esta región nacían los hijos del gran padre Skreta?

A Jakub todo aquello le dio risa. Todos aquellos niños parecían iguales porque todos los niños del mundo se parecen.

Pero después pensó: «¿Y si Skreta está poniendo verdaderamente en práctica su extraño plan? ¿Por qué no se iban a poder poner en práctica los planes extraños?».

–¿Y eso qué es, niños?

–¡Es un abedul! –respondió un pequeño Skreta.

Sí, era todo un Skreta; no sólo tenía la nariz grande, sino además las gafitas y el tono de voz nasal que hacía que la manera de hablar del amigo de Jakub fuese tan enternecedoramente ridícula.

–Muy bien Oldrich –dijo la maestra.

Jakub pensó que dentro de diez, veinte años, este país estaría habitado por miles de Skretas. Y de nuevo sintió esa extraña sensación de que había vivido en su patria sin saber lo que en ella estaba ocurriendo. Vivía, por así decirlo, en el centro de los acontecimientos. Vivía la actualidad. Se había metido en política, por poco le había costado la vida y aún después, cuando quedó marginado, seguía preocupándose por ella. Siempre había pensado que escuchaba latir el corazón del país. Pero ¿quién sabe lo que oiría? ¿Sería el corazón? ¿O sería un viejo despertador? ¿Un viejo despertador abandonado que marcaba un tiempo completamente falso? ¿No serían todas aquellas luchas políticas, en realidad, más que un señuelo para apartar su atención de lo verdaderamente importante?

La maestra seguía conduciendo a los niños por el ancho camino del parque y Jakub sentía que el recuerdo de aquella hermosa mujer le seguía llenando. El recuerdo de aquella belleza le volvía a plantear permanentemente la misma pregunta: ¿No había estado viviendo un mundo totalmente distinto de lo que pensaba? ¿No lo había visto todo al revés? ¿No es acaso la belleza más que la verdad y no fue acaso un ángel quien le trajo hace dos días a Bertlef una dalia?

–¿Y eso qué es? –oyó a la maestra.

Un pequeño Skreta con gafas respondió:

–Es un arce.

14

Ruzena subió corriendo la escalera, procurando no mirar atrás. Cerró de un portazo la puerta de su sección y fue rápidamente a cambiarse de ropa. Se puso encima del cuerpo desnudo la bata blanca de las enfermeras del balneario y respiró profundamente. El altercado con Frantisek la había puesto nerviosa y, al mismo tiempo, curiosamente, la había tranquilizado. Ahora sentía hasta qué punto los dos, Frantisek y Klima, le eran extraños y estaban lejos de ella.

Salió de la cabina y entró a la habitación donde descansaban en las camas junto a la pared las mujeres que habían tomado ya sus baños.

Junto a la mesilla, al lado de la puerta, estaba sentada la cuarentona.

–¿Qué, te lo autorizaron? –preguntó con frialdad.

–Sí, gracias –dijo Ruzena y ella misma ya le dio a una nueva paciente la llave y la sábana.

En cuanto se fue la cuarentona, se entreabrió la puerta y apareció la cabeza de Frantisek.

–No es verdad que sólo sea cosa tuya. Es cosa de los dos. ¡Yo también tengo derecho a decidir!

–¡Haz el favor de desaparecer de aquí! –chilló ella–. Ésta es la sección de mujeres, ¡aquí no pintan nada los hombres! ¡Lárgate inmediatamente o haré que te echen!

Frantisek estaba rojo de rabia y las palabras amenazadoras de Ruzena lo habían enfurecido hasta tal punto que entró en la sala dando un portazo.

–¡Me da lo mismo lo que hagas! ¡Me da todo lo mismo! –gritó.

–¡Te digo que desaparezcas inmediatamente! –dijo Ruzena.

–¡Os he descubierto! ¡La culpa es del tío ése! ¡El trompetista! ¡Es una estafa, todo por enchufe! ¡Él te consiguió el permiso del doctor porque ayer tocaron juntos! ¡Pero yo lo descubrí y te impediré que asesines a mi hijo! ¡Yo soy el padre y eso es asunto mío! ¡Y yo te prohíbo que asesines a mi hijo!

Frantisek gritaba y las mujeres que estaban acostadas en las camas, envueltas en sábanas, levantaban con curiosidad la cabeza.

Ahora también estaba furiosa Ruzena, porque Frantisek gritaba y ella no sabía cómo detener aquella pelea.

–No es hijo tuyo –dijo–, te lo has inventado. No es tu hijo.

–¿Qué? –gritó Frantisek y dio otros dos pasos más para rodear la mesa y llegar hasta Ruzena–. ¿Que no es hijo mío? ¡Soy yo el que lo tiene que saber! ¡Y yo lo sé!

En ese momento llegaba desde la sala de la piscina una señora desnuda y mojada, a la que Ruzena debía envolver y acostar. Miraba asustada a Frantisek, que estaba a pocos metros de ella y la observaba sin verla.

Ruzena quedó por un momento en libertad; se acercó a la mujer, le puso la sábana por encima y la condujo a la cama.

–¿Qué hace aquí ese hombre? –preguntó la señora mirando a Frantisek.

–¡Es un loco! Se ha vuelto loco y no sé cómo hacer para que salga de aquí. ¡Ya no sé qué hacer con él! –dijo Ruzena envolviendo a la mujer en una manta de abrigo.

–¡Eh, señor! –le dijo una de las mujeres que estaban acostadas–. ¡Aquí no tiene nada que hacer! ¡Váyase!

–¡Aquí tengo muchas cosas que hacer! –respondió Frantisek con terquedad sin moverse de su sitio.

Cuando Ruzena se acercó nuevamente a él, ya no estaba rojo, sino pálido; ya no gritaba, hablaba en voz baja y decidida:

–Te digo una cosa. Si dejas que te quiten ese hijo, yo tampoco pienso vivir. Si asesinas a ese hijo, tendrás dos vidas sobre tu conciencia.

Ruzena respiró profundamente y miró la mesa. Allí estaba la cartera con el tubo de tabletas azul pálido. Sacó una y se la tragó.

Y Frantisek le dijo con voz que ya no gritaba, sino que imploraba:

–Por favor, Ruzena. Por favor. Yo no puedo vivir sin ti. Me mataré.

En ese momento Ruzena sintió un gran dolor en sus entrañas y Frantisek vio su cara, retorcida de dolor, con un gesto completamente distinto, sus ojos abiertos de par en par, pero que no veían, su cuerpo que se torcía, se doblaba, la vio llevarse las manos al vientre y la vio caer al suelo.

15

Olga chapoteaba en la piscina y de pronto oyó... ¿Qué oyó en realidad? No sabía lo que estaba oyendo. La sala estaba llena de confusión. Las mujeres que estaban a su lado salían de la piscina e iban a ver lo que pasaba en la sala contigua, que era como si absorbiera todo el espacio circundante. Olga también se vio mezclada en la corriente de esa imparable absorción y, sin pensar en nada, llena únicamente de angustiada curiosidad, fue con las demás.

En la sala contigua, junto a la puerta, vio un corro de mujeres. Estaban de espaldas a ella, desnudas y mojadas, y se agachaban con los traseros hacia fuera. Frente a ellas vio a un hombre joven.

Y había más mujeres que se sumaban a aquel grupo y Olga también se sumó y vio que en el suelo yacía la enfermera Ruzena y que no se movía. El joven se arrodilló en el suelo y gritó: ¡Yo la he asesinado! ¡Yo he sido quien la ha asesinado! ¡Soy un asesino!

Las mujeres goteaban. Una de ellas se inclinó sobre la yaciente Ruzena y trató de buscarle el pulso. Pero no fue más que un gesto inútil porque la muerte estaba presente y nadie dudaba de ella. Los cuerpos desnudos y mojados de las mujeres se empujaban impacientes para ver de cerca la muerte, para verla en una cara familiar, conocida.

Frantisek estaba arrodillado en el suelo. Abrazó a Ruzena y la besó en la cara.

Las mujeres estaban encima de él y Frantisek las miró y repitió:

–¡Yo la he asesinado! ¡Que me detengan!

Una de las mujeres dijo:

–¡Hay que hacer algo!

Y otra corrió al pasillo dando gritos. Al cabo de un momento llegaron corriendo las dos compañeras de Ruzena y tras ellas un médico con su bata blanca.

Fue entonces cuando Olga se dio cuenta de que estaba desnuda y amontonada junto a otras mujeres delante de un joven desconocido y un médico desconocido y pensó que era una situación ridícula. Pero Olga sabía que eso no cambiaba en nada las cosas y que iba a seguir allí con las demás, mirando la muerte, que la atraía.

El médico le cogió la mano a Ruzena, tratando inútilmente de sentir el pulso y Frantisek dijo de nuevo:

–Yo la he matado. Llamad a la policía. Detenedme.

16

Jakub encontró a su amigo justo cuando regresaba de la clínica a su consultorio. Elogió su actuación del día anterior y se disculpó por no haberle esperado después del concierto.

–Me molestó mucho –dijo el doctor Skreta–. Es el último día y quién sabe dónde pasas la noche. Teníamos tantas cosas de que hablar. Y lo peor es que estoy seguro de que estuviste con esa chiquilla delgada. Veo que el agradecimiento es un sentimiento terrible.

–¿De qué agradecimiento hablas? ¿Por qué le iba a estar agradecido?

–Me escribiste que su padre había hecho mucho por ti.

Ese día el doctor Skreta no tenía consulta y la mesa de exploraciones permanecía inactiva al fondo de la habitación. Los dos amigos se sentaron frente a frente en dos sillones.

–Qué va –dijo Jakub continuando la conversación–. Quería que te ocupases aquí de ella y me pareció más sencillo decirte que le estaba agradecido a su padre. Pero todo ocurrió de otro modo. Ya que estoy poniendo punto final a todo, te lo diré. Fui a parar a la cárcel con la completa anuencia de su padre. Fue su padre quien me mandó a la muerte. Medio año después fue él también a la muerte, mientras que yo tuve suerte y me salvé.

–O sea que es la hija de un rufián.

Jakub se encogió de hombros:

–Creyó que yo era un enemigo de la revolución. Todos empezaron a decirlo y él se lo creyó.

–¿Y por qué me dijiste que había sido amigo tuyo?

–Fuimos amigos. Y por eso estaba aún más orgulloso de haber votado a favor de mi detención. Así demostraba que los ideales significaban para él más que la amistad. Al acusarme como traidor a la revolución, creyó estar supeditando su interés personal a una causa más elevada y vivió aquello como el gran momento de su vida.

–¿Y ése es el motivo por el que quieres tanto a esa chiquilla tan fea?

–Ella no tiene nada que ver con eso. Ella es inocente.

–Hay miles de chicas inocentes como ella. Si la elegiste será porque es hija de su padre.

Jakub se encogió de hombros y Skreta prosiguió:

–Hay en ti algo igual de pervertido que en él. Me parece que tú también vives tu amistad con esa chica como si fuera el gran momento de tu vida. Negaste tu natural sentimiento de odio, reprimiste tu natural repugnancia, para demostrarte a ti mismo que eras generoso. Es bonito, pero es al mismo tiempo antinatural y absolutamente inútil.

–No es así –respondió Jakub–. No pretendía reprimirme ni perseguía ningún tipo de generosidad. Simplemente me dio lástima. En cuanto la vi por primera vez. La echaron de su casa cuando era una niña, vivía con su madre en una aldea en la montaña, la gente tenía miedo de hablar con ellos. Durante mucho tiempo no le permitieron estudiar, pese a que era una chica lista. Es terrible perseguir a los hijos por lo que han hecho los padres. ¿Yo también debía haberla odiado por culpa de su padre? Me dio lástima. Me dio lástima que hubieran matado a su padre y me dio lástima que el padre hubiera mandado a la muerte a su amigo.

En ese momento sonó el teléfono. Skreta lo cogió y durante un momento escuchó lo que le decían. Puso cara de disgusto y dijo:

–Tengo trabajo. ¿Es necesario que esté presente?

Luego hubo otro momento de silencio y Skreta dijo:

–Está bien. Iré –colgó el teléfono y maldijo.

–Si tienes que ir a alguna parte, no te preocupes, de todos modos tengo que marcharme ya –dijo Jakub y se levantó del sillón.

–¡Me cago en diez! –protestó Skreta–. No hemos hablado

de nada. Hoy teníamos que hablar de algo. Me han hecho perder el hilo. Y era algo muy importante. Llevo desde la mañana pensando en ello. ¿Recuerdas de qué se trataba?

–No –dijo Jakub.

–Me cago en diez, y yo tengo que salir a toda prisa para la Casa de Baños...

–Lo mejor es despedirse así. En medio de la conversación –dijo Jakub y estrechó la mano de su amigo.

17

El cuerpo muerto de Ruzena estaba en una pequeña habitación destinada normalmente a las guardias nocturnas de los médicos. Había varias personas dando vueltas por allí, había llegado también el inspector de policía, que acababa de interrogar a Frantisek y de tomar nota de sus declaraciones. Frantisek volvió a pedir que lo detuvieran.

–¿La pastilla se la dio usted? –dijo el inspector.

–¡No se la di!

–Entonces, no diga que la mató.

–Siempre me decía que se iba a suicidar –dijo Frantisek.

–¿Y por qué decía que se iba a suicidar?

–Decía que se suicidaría si yo no dejaba de molestarla. Decía que no quería tener un hijo. ¡Que prefería suicidarse antes que tener un hijo!

En la habitación entró el doctor Skreta. Saludó amistosamente al inspector y se acercó después a la muerta; le levantó el párpado y se fijó en el color de la conjuntiva.

–Doctor, ¿usted era el jefe de esta enfermera? –dijo el inspector.

–Sí.

–¿Cree que puede haber usado algún veneno al que haya tenido acceso aquí, en la clínica?

Skreta volvió a acercarse al cadáver de Ruzena, haciendo que le explicasen los detalles de su muerte. Después dijo:

–No parece que sea ningún medicamento ni otro tipo de sustancia que haya podido conseguir en nuestros consultorios. Tiene que haber sido algún alcaloide. De qué tipo, eso lo demostrará la autopsia.

–¿Y cómo lo puede haber conseguido?

–Los alcaloides son venenos vegetales –dijo el doctor Skreta–. Cómo puede haberlo conseguido, eso no se lo puedo decir.

–Hasta ahora todo resulta misterioso –dijo el inspector–. Incluido el motivo. Este joven ha declarado que iba a tener un hijo con ella y que quería abortar.

–¡Él la obligó! –gritó Frantisek.

–¿Quién? –preguntó el inspector.

–¡Ese trompetista! ¡Me la quería quitar y la obligó a deshacerse de mi hijo! ¡Los seguí! Fue con ella a la comisión.

–Puedo atestiguarlo –dijo el doctor Skreta–. Efectivamente, hoy examinamos la solicitud de aborto de esta enfermera.

–¿Y estuvo el trompetista con ella? –preguntó el inspector.

–Sí –dijo Skreta–. La enfermera afirmó que era el padre de su hijo.

–¡Era mentira! ¡Era hijo mío! –gritó Frantisek.

–Eso nadie lo duda –dijo el doctor Skreta–, pero la enfermera necesitaba presentar a un padre que estuviera casado para que la comisión aprobara la interrupción.

–¡Así que usted sabía que era mentira! –le gritó Frantisek al doctor Skreta.

–Según la ley, lo que decide es lo que diga la mujer. Si la enfermera Ruzena decía que el embrión había sido concebido con el señor Klima y si el propio señor Klima lo confirmaba, ninguno de nosotros tenía derecho a objetar nada.

–Pero usted no creía que el señor Klima fuera el padre –preguntó el inspector.

–No.

–¿Y cómo había llegado a esa conclusión?

–El señor Klima había visitado nuestro balneario sólo dos veces y durante muy poco tiempo. Es poco probable que se hubiera producido una relación íntima entre él y la enfermera. Nuestro balneario es demasiado pequeño para que semejante noticia no hubiera llegado hasta mí. La paternidad del señor Klima era, con toda probabilidad, una invención, y la enfermera Ruzena lo había convencido de que la acompañara a la comisión para que le autorizaran el aborto. Este señor no hubiera estado de acuerdo con el aborto.

Pero Frantisek ya no oía lo que decía Skreta. Estaba allí de pie y no veía nada. Sólo oía las palabras de Ruzena: *Harás que me suicide, seguro que harás que me suicide,* y sabía que él era la causa de su muerte, y sin embargo no comprendía por qué y no podía explicarse nada. Estaba como un salvaje ante un milagro, estaba como ante lo irreal y estaba de pronto sordo y ciego, porque sus sentidos no eran capaces de abarcar lo incomprensible que de pronto se le había venido encima.

(Pobre Frantisek, recorrerás toda la vida y no comprenderás nada y lo único que sabrás es que tu amor ha matado a la mujer que amabas, andarás con esa sensación como con una señal del horror, como un leproso que le trae catástrofes inexplicables a la gente a la que ama, irás por la vida como el cartero de la desgracia.)

Estaba pálido, inmóvil como una estatua de sal, y no se fijó en que a la habitación había entrado, excitado, otro hombre; se aproximó a la muerta, la miró prolongadamente y le acarició los cabellos.

El doctor Skreta le susurró:

–Suicidio. Veneno.

El recién llegado giró rápidamente la cabeza:

–¿Suicidio? Afirmo con todo mi ser que esta mujer no se ha quitado la vida. Y si ha tomado un veneno, tiene que haber sido un asesinato.

El inspector miró con sorpresa al recién llegado. Era Bertlef y sus ojos ardían con un fuego enfurecido.

18

Jakub giró la llave y su coche se puso en marcha. Dejó atrás las últimas villas del balneario y se encontró en un paisaje abierto. Sabía que el viaje hasta la frontera duraba unas cuatro horas y no tenía prisa. La conciencia de que pasaba por aquí por última vez convertía para él este paisaje en excepcional e infrecuente. A cada momento le parecía que no lo reconocía, que era distinto de lo que había pensado y que era una lástima que no pudiera quedarse por más tiempo.

Y al mismo tiempo se decía en seguida que ningún retraso de su partida, por un día o por varios años, hubiera solucionado lo que ahora lo hacía sufrir: no llegaría a conocer este paisaje más íntimamente de lo que lo conoce ahora. Debe hacerse a la idea de que lo abandona sin conocerlo, sin agotar todos sus encantos, que lo abandona como deudor y como acreedor con deudas mutuas impagadas.

Luego volvió a su mente la chica a la que le había metido el veneno ficticio en el tubo y se dijo que su carrera de asesino había sido la más corta de todas sus carreras. He sido un asesino durante aproximadamente dieciocho horas, sonrió.

Pero luego se objetó: No es verdad que haya sido un asesino

durante tan poco tiempo. Lo es y lo seguirá siendo hasta su muerte. Porque lo importante no es si la tableta azul pálido era o no un veneno, lo importante era que estaba convencido de ello y que sin embargo se la dio a aquella mujer desconocida y no hizo nada por salvarla.

Y meditó luego sobre todo aquello, con la despreocupación de un hombre que ha comprendido que su actuación se encuentra al nivel de un simple experimento.

Su asesinato era curioso. Era un asesinato sin motivos. No perseguía provecho alguno para el asesino. ¿Qué sentido tenía, entonces? Su sentido consistía, evidentemente, en que comprendiese que era un asesino.

El asesinato como experimento, como acto de conocimiento de sí mismo, eso ya lo conocía; eso era Raskólnikov. Aquél había asesinado para encontrar la respuesta a si tenía derecho a matar a una persona inferior y si era capaz de soportar el asesinato; con ese crimen se hacía una pregunta acerca de sí mismo.

Sí, hay algo que lo aproxima a Raskólnikov: la falta de sentido del asesinato, su carácter teórico. Pero también hay diferencias: Raskólnikov se preguntaba si una persona capaz tiene derecho a sacrificar a otra inferior en beneficio de sus intereses. Pero cuando Jakub le dio a la enfermera el tubo con el veneno, no pensaba en nada de eso. A Jakub no le interesa saber si una persona tiene derecho a sacrificar la vida de alguien. Al contrario, Jakub está convencido de que no tiene ningún derecho de ese tipo. Lo que a Jakub le aterra es, más bien, que cualquiera asuma ese derecho. Jakub vivió en un mundo en el que las vidas humanas se sacrificaban en beneficio de ideas abstractas. Conocía las caras de aquellas personas y sabía que no eran malas, sino encantadoras, que ardían con el fuego de la justicia o irradiaban jovial campechanía; otras veces eran caras impertinentemente inocentes o tristemente cobardes que, pidiendo disculpas, pero concienzudamente, ejecutaban en las personas de sus prójimos sentencias de cuya crueldad eran conscientes. Jakub conocía bien aquellas caras y las odiaba. Jakub sabía además que todo el mundo le desea la muerte a alguien y que sólo hay dos cosas que lo alejen del asesinato: el miedo al castigo y la dificultad física de matar. Jakub sabía que, si cada persona tuviese la posibilidad de asesinar en secreto y a distancia, la humanidad moriría en unos pocos minutos. Por eso tenía que considerar completamente inútil el experimento de Raskólnikov.

Pero, entonces, ¿por qué le había dado el veneno a la enfermera? ¿No había sido una simple casualidad? Raskólnikov había meditado y preparado su asesinato durante mucho tiempo, sí, mientras que él había actuado llevado por un impulso instantáneo. Pero Jakub sabía que él también se había estaba preparando para su asesinato, sin pretenderlo, durante muchos años y que aquel instante en el que le dio el veneno a Ruzena era una grieta en la que se había apoyado, como una palanqueta, toda su vida anterior, todo el asco que sentía hacia la gente.

Raskólnikov, que mataba con un hacha a una vieja usurera, era consciente de que atravesaba un terrible umbral; de que atentaba contra la ley divina; sabía que la vieja era una criatura despreciable, pero, al mismo tiempo, una criatura de Dios. Jakub no sentía dentro de sí ese horror de Raskólnikov. Para él las personas no eran criaturas de Dios. Jakub amaba la delicadeza y la generosidad, pero había llegado a la convicción de que ésas no eran cualidades humanas. Jakub conocía bien a las personas y por eso no las quería. Jakub era generoso y por eso les daba veneno.

De modo que soy un asesino por generosidad, se dijo, y aquello le pareció ridículo y triste.

Raskólnikov, que mató a la vieja usurera, no fue capaz de dominar la terrible tormenta de los remordimientos. Mientras que Jakub, que está convencido de que el hombre no tiene derecho a sacrificar la vida de otros hombres, no siente remordimientos. Sin embargo, la enfermera a la que dio el veneno era, sin duda, un ser mucho más agradable que la usurera de Raskólnikov.

Trató de imaginar que la enfermera estaba realmente muerta para ver si le embargaba un sentimiento de culpa. No, no había nada de eso, y Jakub seguía conduciendo tranquilamente por un paisaje que era acogedor y tierno y que se despedía de él.

Raskólnikov vivía su asesinato como una tragedia y caía bajo el peso de sus actos. Y Jakub se queda asombrado al ver que lo que había hecho era leve, no pesaba nada, no le pesaba. Y piensa si en esta levedad no hay mucho más horror que en las experiencias histéricas del héroe ruso.

Conducía con lentitud e interrumpía sus ideas mirando el paisaje. Se decía que toda su historia con la tableta no había sido más que un juego, un juego sin consecuencias, como toda su vida en este país, en el que no había dejado ni una huella ni una raíz ni una marca y del que ahora se iba como si se fuese una brisa.

19

Con un cuarto de litro de sangre menos, Klima esperaba con gran impaciencia al doctor Skreta en su sala de espera. No quería irse del balneario sin despedirse de él y sin pedirle que no perdiera de vista a Ruzena. *Mientras no me lo quiten, aún me lo puedo volver a pensar,* seguía oyendo sus palabras y se horrorizaba. Temía que ahora, al irse, Ruzena quedase libre de su influencia y cambiase en el último momento de decisión.

Por fin apareció el doctor Skreta. Klima fue hacia él, se despidió y le dio las gracias por su magnífico acompañamiento a la batería.

–Fue un gran concierto –dijo el doctor Skreta–, tocó usted

estupendamente. Lo que más deseo es que podamos repetirlo. Tendré que inventar alguna forma para que podamos organizar conciertos como éste en otros balnearios.

–Sí, encantado, ¡he tocado muy a gusto con usted! –dijo el trompetista poniendo todo su entusiasmo, y añadió–: Querría pedirle algo. Que no pierda de vista a Ruzena. Tengo miedo de que se le meta algo en la cabeza. Las mujeres son imprevisibles.

–Ya no se le meterá nada en la cabeza, no tema –dijo el doctor Skreta–. Ruzena ha muerto.

Pasó un rato sin que Klima fuese capaz de entenderlo y el doctor Skreta tuvo que explicarle lo que había sucedido. Luego dijo:

–Es un suicidio, pero parece un poco misterioso. Alguien podría empezar a investigar el que se haya quitado la vida una hora después de haberse presentado con usted ante la comisión. No, no se asuste –cogió al trompetista del brazo al ver que se ponía pálido–. Por suerte nuestra enfermera salía con un joven electricista que está convencido de que el hijo era suyo. Yo declaré que usted nunca tuvo nada que ver con la enfermera y que lo único que pasó fue que ella le convenció de que diese su nombre, porque la comisión no autoriza abortos cuando los dos padres son solteros. Así que no meta la pata si le preguntan. Está usted bastante mal de los nervios, se le nota y es una lástima. Tiene que tranquilizarse por completo, porque todavía tenemos por delante muchos conciertos.

Klima no encontraba las palabras apropiadas. Le hizo al doctor Skreta una reverencia, lleno de gratitud, y le estrechó muchas veces la mano. Kamila le esperaba en el Richmond. Klima la abrazó sin decir palabra y la besó en la cara. Besó cada trocito de su cara y luego se arrodilló y le fue besando el vestido hasta llegar a las rodillas.

–¿Qué te ha pasado?

–Nada. Estoy muy feliz de tenerte. Estoy terriblemente feliz de que existas.

Hicieron su equipaje y fueron hacia el coche. Le dijo que estaba cansado y le pidió que condujera.

Iban en silencio. Klima estaba totalmente agotado y, sin embargo, completamente aliviado. Sólo le quedaba un poco de angustia al pensar que podrían interrogarlo. Temía que, en ese caso, Kamila pudiese enterarse de algo. Pero se repitió lo que le había dicho el doctor Skreta. Si lo interrogan, asumirá el inocente (y en este país bastante frecuente) papel de caballero que, por hacer un favor, se hace pasar por padre. Eso no se lo podrá reprochar nadie, ni siquiera Kamila si se enterase.

La miró. Su belleza llenaba el escaso espacio del coche como un perfume fuerte. Se dijo que no quería respirar en toda la vida más que aquel perfume. Y luego le pareció que oía a lo lejos el callado sonido de la trompeta, que él mismo tocaba, y se prometió tocarla toda la vida sólo para que disfrutase esta mujer, la única y la más querida.

20

Cada vez que cogía el volante se sentía más fuerte e independiente. Pero esta vez lo que hacía aumentar su confianza en sí misma no era sólo el volante, sino también las palabras del desconocido al que había encontrado en el pasillo del Richmond. No podía olvidarlo. Y ni siquiera podía olvidar su cara, tanto más masculina que las suaves mejillas de su marido. Kamila pensó que en realidad nunca había conocido a un hombre de verdad.

Miró con el rabillo del ojo la cara cansada del trompetista, por la que a cada rato se extendían incomprensibles sonrisas de felicidad, mientras que su mano le acariciaba amorosamente el hombro.

Aquella desmedida ternura no le producía satisfacción ni la emocionaba. Su cariz inexplicable no hacía más que confirmar que el trompetista tenía sus secretos, su propia vida que ocultaba ante ella y en la que no le permitía penetrar. Pero esta vez aquello no despertó en ella dolor, sino indiferencia.

¿Qué decía aquel hombre? Que se marchaba para siempre. Una nostalgia silenciosa y prolongada le oprimió el corazón. No era sólo nostalgia de aquel hombre, sino también de la oportunidad perdida. Y tampoco sólo de esta oportunidad concreta, sino de la oportunidad como tal. Sentía nostalgia de todas las oportunidades que había perdido, que había dejado pasar, que había evitado, e incluso de aquellas que nunca había tenido.

Aquel hombre le dijo que había vivido toda su vida como ciego y sin tener ni idea de que existía la belleza. A ella le ocurría lo mismo. Ella también vivía cegada. No veía más que una sola figura, iluminada por el potente reflector de los celos. ¿Qué sucederá si ese reflector deja repentinamente de alumbrar? A la difusa luz del día aparecerían otros miles de figuras y el hombre que antes le había parecido ser el único en el mundo se convertiría en uno entre tantos.

Llevaba el volante, sentía que era una mujer segura de sí misma y hermosa y pensó: ¿Es el amor lo que la ata a Klima o sólo el miedo a perderlo? Y si ese miedo fue al principio una forma angustiada de amor, ¿no ha desaparecido con el tiempo el amor (cansado y agotado) que había en esa forma? ¿No ha quedado al final sólo el miedo, miedo sin amor? ¿Y qué quedará si pierde el miedo?

El trompetista volvió a sonreír inexplicablemente a su lado.

Lo miró y se dijo que, si dejaba de tener celos, no quedaría nada. Conducía el coche a gran velocidad y pensaba que en algún sitio, delante, había una raya pintada en el camino de la vida que significaría su separación del trompetista. Y por primera vez aquella imagen no le produjo ni angustia ni miedo.

21

Olga entró en el apartamento de Bertlef y se disculpó:

–Perdone que venga sin avisar. Pero estoy tan excitada que no puedo quedarme a solas. ¿No molesto?

En la habitación estaban sentados Bertlef, el doctor Skreta y el inspector, que le respondió a Olga:

–No molesta. Ya estamos hablando en plan informal.

–El señor inspector es un viejo amigo mío –le explicó el doctor Skreta a Olga.

–Díganme, por favor, ¿por qué lo hizo? –preguntó Olga.

–Tuvo una escena con un joven con el que salía y en medio de la pelea metió la mano en la cartera y se tomó algo. No sabemos nada más y me temo que ya nunca lo sabremos.

–Señor inspector –dijo Bertlef con énfasis–, le ruego que preste atención a lo que manifesté en mi declaración. Pasé con Ruzena en esta habitación su última noche. Es posible que no haya acentuado suficientemente lo principal. Fue una noche maravillosa y Ruzena estaba inmensamente feliz. Esa chica poco llamativa no necesitaba más que liberarse del yugo con el que la oprimía un ambiente indiferente y hostil para convertirse en un ser radiante, lleno de amor, suavidad y grandeza de espíritu, en un ser que uno no hubiera imaginado encontrar en ella. Insisto en que durante la noche pasada le abrí las puertas a otra vida y precisamente ayer empezó a tener ganas de vivir. Pero inmediatamente alguien se cruzó en mi camino... –dijo Bertlef en una repentina meditación, y añadió en voz baja–: Intuyo en esto una intervención del infierno.

–La brigada de homicidios no es capaz de hacerle frente a los poderes del infierno –dijo el inspector.

Bertlef no prestó atención a su ironía:

–Lo del suicidio es realmente un absurdo –continuó–, ¡compréndanlo, por favor! ¡No puede haberse matado en el momento en que quería empezar a vivir! Les repito que no permitiré que se le acuse de suicidio.

–Estimado amigo –dijo el inspector–, nadie la acusa de suicidio, sencillamente porque el suicidio no es un crimen. El suicidio no es asunto de la justicia. No es cosa nuestra.

–Claro –dijo Bertlef–, para ustedes el suicidio no es un crimen porque la vida no es para ustedes un valor. Pero yo, señor inspector, no conozco pecado mayor. El suicidio es peor que el asesinato. Se puede asesinar por venganza o por interés, pero hasta el interés es una manifestación de una especie perversa de amor por la vida. Pero con el suicidio le arrojamos nuestra vida a Dios, burlándonos de él. El suicido es un escupitajo a la cara del Creador. Le digo que haré todo lo posible por demostrar que esa chica es inocente. Si dice que se quitó la vida, explíqueme por qué. ¿Qué motivo ha descubierto?

–Los motivos de un suicidio son siempre un misterio –dijo el inspector–, además, buscarlos no forma parte de mis obligaciones. No se enfade conmigo por que no haga más que cumplir con mis obligaciones. Tengo muchas y apenas doy abasto. Es verdad que el caso aún no está cerrado, pero puedo adelantarle que no creo que se trate de un asesinato.

–Es admirable –dijo Bertlef muy enfadado–, es admirable la rapidez con que se dispone a poner punto final a la muerte de una persona.

Olga se fijó en que al inspector se le había subido la sangre a la cabeza. Pero se calmó y, tras una pausa, dijo con voz casi demasiado amable:

–Bien. Acepto entonces su suposición de que se ha producido un asesinato. Consideremos el modo en que puede haberse producido. En el bolso de la asesinada se encontró un tubo con tranquilizantes. Podemos suponer que la enfermera Ruzena quería tomar una tableta para calmarse, pero que alguien le había metido con anterioridad una tableta similar que contenía veneno.

–¿Cree que Ruzena cogió el veneno del tubo de sedantes? –preguntó el doctor Skreta.

–Por supuesto que la enfermera Ruzena podía haber cogido un veneno que estuviese en el bolso, fuera del tubo. Eso hubiera ocurrido en caso de suicidio. Pero si suponemos que se trató de un asesinato, no hay más posibilidad que la de que alguien le haya metido en el tubo un veneno que tuviera una forma semejante a la de su medicamento.

–No se moleste por mis objeciones –dijo el doctor Skreta–, pero no es tan sencillo fabricar una tableta de alcaloide con una forma precisa. Tendría que haberlo hecho alguien que tuviera acceso a una fábrica de medicamentos. Aquí no hay nadie que tenga esa posibilidad.

–¿Quiere decir que es imposible fabricar una tableta envenenada de ese tipo?

–Imposible no. Sólo es muy difícil.

–A mí me basta con que sea posible –dijo el inspector, y continuó–: Pensemos también en quién puede haber tenido interés en la muerte de esa mujer. No era rica, de modo que podemos eliminar el interés crematístico. También podemos tachar los motivos políticos o de espionaje. Sólo quedan los motivos de tipo íntimo. ¿Quiénes son los sospechosos? En primer lugar el amante que tuvo con ella una apasionada discusión momentos antes de su muerte. ¿Cree que se la puso él?

Nadie respondió a la pregunta del inspector y el inspector dijo:

–Yo no lo creo. Ese chico seguía luchando por ella. Quería casarse con ella. Estaba embarazada de él y, aunque el padre hubiera sido otro, lo importante es que él estaba convencido de que estaba preñada de él. En el momento en que comprobó que ella quería deshacerse del hijo, se desesperó. ¡Pero tengan en cuenta que Ruzena volvía de la comisión y no de hacerse el aborto! Para nuestro desesperado aún no estaba nada perdido. El embrión que había dentro de ella seguía viviendo y él estaba dispuesto a hacer todo lo posible por salvarlo. Es absurdo que en ese momento le diese el veneno, cuando lo único que deseaba era vivir con ella y tener el hijo. Además el doctor ya nos ha explicado que obtener un veneno en forma de tableta normal no es cosa sencilla para una persona corriente. ¿De dónde la iba a sacar un muchacho ingenuo como éste, que no tiene ninguna clase de relaciones? ¿Me lo quiere explicar?

Bertlef, a quien se dirigía constantemente el inspector, se encogió de hombros.

–Pero veamos a los demás sospechosos. Está ese trompetista de la capital. Conoció hace algún tiempo a la fallecida, aunque no sabemos y nunca sabremos hasta qué punto llegó el conocimiento. En todo caso, suficientemente lejos como para que la fallecida se atreviese a pedirle que se presentase como padre y la acompañase a la comisión. ¿Por qué se lo pidió precisamente a él y no a alguien de aquí? No es difícil adivinarlo. Cualquier persona casada de este balneario hubiera tenido miedo de que se supiese y de que se montase una bronca en su casa. Era un favor que sólo le podía hacer una persona que no viviese aquí. Además el rumor de que iba a tener un hijo con un artista famoso hubiera halagado a la enfermera y al trompetista no podía perjudicarle. Por eso podemos concluir que el señor Klima aceptó hacerle el favor sin la menor preocupación. ¿Por qué iba a asesinar a la pobre enfermera? Tal como nos ha explicado el doctor, es bastante improbable que Klima fuera el verdadero padre del niño que aún no había nacido. Pero aceptemos esta posibilidad. Supongamos que Klima es el padre y que eso le resulta extremadamente desagradable. Explíqueme por qué la iba a asesinar si ella estaba de acuerdo con el aborto y la intervención quirúrgica ya había sido autorizada. ¿O hemos de creer, señor Bertlef, que Klima es el asesino?

–No me entiende –dijo Bertlef en tono pacífico–. No pretendo que nadie vaya a la silla eléctrica. Sólo quiero que Ruzena quede limpia. Porque el suicidio es el peor pecado. Incluso vivir en medio del dolor tiene su misterioso valor. Hasta la vida en el umbral de la muerte es maravillosa. Los que nunca han mirado la muerte cara a cara no lo saben, pero yo, señor inspector, lo sé. Y por eso le digo que haré todo lo posible por demostrar que esa chica es inocente.

–Yo también quiero intentarlo –dijo el inspector–. Y es que hay un tercer sospechoso. El señor Bertlef, un hombre de negocios norteamericano. Él mismo afirmó que había pasado con la fallecida su última noche. Podríamos pensar que, si fuera el asesino, difícilmente nos hubiera contado eso. Pero esta objeción no se sostiene. Todo el público del concierto de ayer vio que el señor Bertlef estaba sentado junto a Ruzena y que se la llevaba en medio del concierto a su casa. El señor Bertlef sabe que en estos casos es mejor confesarlo rápidamente que ser acusado por otros. El señor Bertlef nos dice que la enfermera Ruzena ha sido feliz con él esa noche. ¡Naturalmente! Y es que el señor Bertlef no es sólo un hombre encantador, sino, ante todo, un hombre de negocios norteamericano, que tiene dólares y un pasaporte con el que puede viajar libremente por todo el mundo. La enfermera Ruzena está encerrada en este pequeño nido y busca infructuosamente el modo de salir de aquí. Sólo tiene a un amante que se quiere casar con ella, pero es un jovencísimo electricista local. No tenía a nadie más y por eso no lo dejaba. Pero, al mismo tiempo, trataba de no atarse definitivamente a él, porque no quería abandonar sus esperanzas. Y entonces apareció de pronto un hombre exótico, de comportamiento galante, que le dejó la cabeza hecha un lío. Imaginaba ya que se casaría con ella y que por fin abandonaría este rincón del mundo. Si al principio era capaz de portarse como una amante discreta, ahora se volvía cada vez más problemática. Le dio a entender que no renunciaría a él y empezó a chantajearlo. Bertlef está casado y, por lo que sé, mañana llega su mujer de América, una mujer a la que ama, la madre de su hijo, que tiene un año. Bertlef está dispuesto a hacer lo que sea para evitar el escándalo. Sabe que la enfermera Ruzena lleva siempre un tubo con tabletas tranquilizantes y sabe el aspecto que tienen. Tiene amplias relaciones con el extranjero y tiene también mucho dinero. Para él es una nimiedad mandar hacer una tableta de veneno con la forma del medicamento de Ruzena. Durante aquella maravillosa noche, mientras su amante dormía, le metió en secreto el veneno en el tubo. Creo, señor Bertlef –el inspector elevó ceremoniosamente la voz– que es usted la única persona que tenía motivos para asesinar a la enfermera Ruzena y que tenía además los medios necesarios. Le ruego que confiese.

En la habitación se hizo el silencio, el inspector miró prolongadamente a Bertlef, y éste le respondió con una mirada igualmente paciente y sin hablar. En su rostro no había ni consternación ni resentimiento. Por fin dijo:

–Sus conclusiones no me sorprenden. Ya que no es capaz de encontrar al asesino, tiene que encontrar a alguien que cargue con su culpa. Ése es uno de los curiosos secretos de la vida, el de que los inocentes cargan con la culpa en lugar de los culpables. Haga el favor de detenerme.

22

Sobre el paisaje caía un blando crepúsculo. Jakub detuvo el coche en un pueblo tras el cual, a una distancia de pocos kilómetros, estaban ya las barreras de la frontera. Quería prolongar un poco más el último momento que iba a pasar en la patria. Bajó del coche y se puso a andar por la calle del pueblo.

No era una calle bonita. Alrededor de las casas había aros de metal oxidado, una rueda de un tractor en desuso, trozos de hierro viejo. Era un pueblo descuidado y feo. A Jakub le pareció que aquel basurero y los aros oxidados eran como un insulto con el que su patria se despedía de él en lugar de un saludo. Llegó hasta el final de la calle, donde estaban la plaza y el estanque. El estanque también estaba descuidado, lleno de hierba gallinera. En la orilla chapoteaban unas cuantas ocas a las que un chico trataba de hacer andar con una vara.

Jakub dio media vuelta para regresar al coche. Entonces vio a un chiquillo tras la ventana de una de las casas. El chiquillo, de apenas cinco años, miraba a través del cristal de la ventana hacia el estanque. Quizás observaba las ocas, quizás al chico que golpeaba las ocas con la vara. Estaba junto a la ventana y Jakub no podía despegar los ojos de él. Era una cara infantil y lo que a Jakub más le había llamado la atención eran las gafas. El chiquillo las llevaba como si fueran una carga. Las llevaba como si fueran su destino. Miraba a través de los aros de las gafas como si mirara a través de unas rejas. Sí, llevaba esos dos aros de las gafas como rejas que tuviera que arrastrar toda su vida. Y Jakub miró a través de las rejas de las gafas a los ojos del chiquillo y de pronto sintió una gran tristeza.

Fue repentino, como cuando se rompen las márgenes y el agua se desborda por el paisaje. Hacía tanto tiempo que Jakub no estaba triste. Tantos años. Sólo conocía la amargura, la aspereza, pero no la tristeza. Y ahora lo había atacado de pronto y no podía ni moverse del sitio.

Veía al niño vestido con las rejas y sentía lástima de aquel niño y de todo su país y le parecía que había amado poco a aquel país y que lo había amado mal y se sentía triste por aquel amor malo y malogrado.

Y de pronto pensó que había sido el orgullo lo que le había impedido querer aquel país, el orgullo de la generosidad, el orgullo de la finura; un insensato orgullo que hacía que no quisiese a sus prójimos, que los odiase porque veía en ellos a asesinos. Y volvió a acordarse de que le había puesto veneno en un tubo a una mujer desconocida y que él mismo era un asesino. Es un asesino y su orgullo yace en el polvo. Se ha convertido en uno de ellos, se ha convertido en hermano de esos tristes asesinos.

El chiquillo de las grandes gafas estaba junto a la ventana como petrificado y seguía mirando hacia el estanque. Y Jakub pensó que este chiquillo no tenía la culpa de nada, que no había hecho nada malo y que había nacido ya con la vista mal y la llevaría consigo toda su vida. Y se le ocurrió una idea confusa, pensó que lo que le reprochaba a la gente era algo que les había sido dado, con lo que nacían y que llevaban consigo como una pesada reja. Y se le ocurrió que él tampoco tenía derecho exclusivo alguno a la generosidad y que la mayor generosidad consiste en amar a las personas a pesar de que sean asesinos.

Y volvió a acordarse de la tableta azul pálido y le pareció que se la había metido en el tubo a la antipática enfermera como una disculpa; como una solicitud de ingreso; como un ruego de que le aceptaran pese a que siempre se había resistido a ser uno de ellos.

Fue con paso rápido hasta el coche, abrió la puerta, se sentó al volante y se dirigió hacia la frontera. Hasta ayer había pensado que iba a ser un momento de alivio. Que se iría contento. Que abandonaría un sitio en el que había nacido por error y del que no formaba parte. Pero en este momento sabía ya que se iba de su única patria y que no tenía otra.

23

–No se haga ilusiones –dijo el inspector–. La cárcel no le abrirá sus puertas para que entre por ellas como Jesús al Gólgota. Ni en sueños se me ha ocurrido que usted pudiese matar a esa joven. Le he acusado para que no siga diciendo que ha sido asesinada.

–Me alegro de que no se haya tomado en serio su acusación –dijo Bertlef en tono conciliador–. Y tiene razón. Ha sido una insensatez por mi parte pretender que fuera precisamente usted quien le hiciera justicia a Ruzena.

–Me alegra que se hayan reconciliado –dijo el doctor Skreta–. Hay una cosa que nos puede consolar hasta cierto punto. Cualquiera que sea el modo en que murió, su última noche fue hermosa.

–Fíjense en la luna –dijo Bertlef–, alumbra como ayer y convierte esta habitación en un jardín. Aún no han pasado ni siquiera veinticuatro horas desde que Ruzena se convirtió en el hada de este jardín.

–Y realmente la justicia no debe importarnos tanto –dijo el doctor Skreta–. La justicia no es cuestión de hombres. Existe la justicia de las leyes ciegas y crueles y luego hay, quizás, alguna justicia más elevada, pero ésa no la entiendo. Siempre he tenido la sensación de que vivo en este mundo *al margen de la justicia*.

–¿Y eso? –se asombró Olga.

–La justicia no me afecta –dijo el doctor Skreta–. Es algo que está fuera de mí y por encima de mí. En todo caso es algo inhumano. Nunca colaboraré con ese poder repugnante.

–¿Quiere decir –dijo Olga– que no reconoce ningún tipo de valores que tengan validez general?

–Los valores que reconozco no tienen nada que ver con la justicia.

–¿Por ejemplo? –preguntó Olga.

–Por ejemplo la amistad –respondió el doctor Skreta en voz baja.

Todos se callaron, y el comisario se levantó para despedirse de los presentes. En ese momento a Olga se le ocurrió algo:

–¿De qué color eran las tabletas del tubito que tenía Ruzena?

–Azul pálido –dijo el inspector, y añadió con renovado interés–: ¿Por qué lo pregunta?

Olga se asustó de que el inspector leyese sus pensamientos y buscó rápidamente una excusa:

–Vi que tenía un tubo así. Sólo quería saber si se trataba de ese tubo que había visto...

El inspector no leía sus pensamientos, estaba cansado y les deseó buenas noches a todos los presentes.

Cuando se marchó, Bertlef le dijo a Skreta:

–Dentro de poco llegarán nuestras mujeres. ¿Vamos a recibirlas?

–Vamos. Tómese hoy una dosis doble de su medicamento –dijo el doctor Skreta preocupado, y Bertlef se fue a la pequeña habitación contigua.

–Hace tiempo le dio usted a Jakub un veneno –dijo Olga–. Era una tableta azul pálido y la llevaba siempre consigo. Lo sé.

–No invente tonterías. Nunca le di nada semejante –dijo el doctor Skreta con énfasis.

Después regresó de la habitación Bertlef, con una corbata distinta, y Olga se despidió de los dos hombres.

24

Bertlef y Skreta fueron hasta la estación cruzando la alameda.

–Fíjese en esa luna –dijo Bertlef–. Créame doctor que, ayer, la tarde y la noche fueron milagrosas.

–Le creo, pero no debería jugar con su salud de ese modo. Esos movimientos, de los que no puede prescindir en una noche de ésas, son para usted realmente arriesgados.

Bertlef no respondió y su cara irradiaba una expresión de orgullo feliz.

–Me da la impresión de que está de muy buen humor –dijo el doctor Skreta.

–No se equivoca. Si he hecho que la última noche de su vida fuera hermosa, me siento feliz.

–¿Sabe una cosa? –dijo el doctor Skreta de pronto–, tengo desde hace mucho una extraña petición que hacerle y nunca me he atrevido a decírselo. Pero tengo la sensación de que hoy es un día tan extraordinario que podría atreverme...

–¡Hable, doctor!

–Quisiera que usted me adoptase.

Bertlef se detuvo asombrado y el doctor Skreta le explicó los motivos de su petición.

–No hay nada que yo no haga por usted –dijo Bertlef–. Sólo pienso si no le parecerá mal a mi mujer. Sería quince años más joven que su hijo. ¿Y es posible desde el punto de vista legal?

–No está estipulado que el hijo adoptivo tenga que ser más joven que sus padres. No se trata de un hijo real, sino precisamente de uno adoptivo.

–¿Está seguro?

–Lo he consultado hace tiempo ya con los abogados –dijo el doctor Skreta con un callado gesto de vergüenza.

–Sabe, es un poco raro y me deja un tanto sorprendido –dijo Bertlef–, pero hoy tengo un estado de ánimo tan particular, un entusiasmo, y no quisiera más que proporcionarle alegría a todo el mundo. Si a usted le proporciona alegría... hijo mío...

Y los dos hombres se abrazaron en medio de la calle.

25

Olga estaba acostada en la cama (en la habitación de al lado no sonaba la radio) y estaba segura de que Jakub había asesinado a Ruzena y de que sólo lo sabían ella y el doctor Skreta. Por qué lo había hecho, eso seguramente no lo sabría nunca. Sentía un cosquilleo de horror que recorría su piel, pero luego (porque, como sabemos, era experta en observarse) se dio cuenta con sorpresa de que el cosquilleo era placentero y el horror estaba lleno de orgullo.

Había hecho el amor con Jakub en un momento en que él tenía que estar lleno de las más terribles ideas y ella lo absorbía en el acto amoroso con aquellas ideas y todo.

«¿Cómo es posible que no me repugne?», pensaba. «¿Cómo no voy (y nunca iré) a denunciarlo? ¿Acaso yo también vivo al margen de la justicia?»

Pero cuantas más preguntas se hacía de aquel modo, más crecía dentro de ella aquel extraño orgullo feliz, de modo que se sentía como una muchacha a la que violan y a la que ataca de pronto un placer embriagador, tanto más poderoso cuanto más en desacuerdo está con él.

26

El tren llegó a la estación y de él bajaron dos mujeres.

Una de ellas podía tener unos treinta y cinco años y recibió un beso del doctor Skreta, la segunda era más joven, vestida de un modo impactante, con un niño en brazos, y la besó Bertlef.

–Enséñeme a su hijito, querida –dijo el doctor Skreta–, ¡si aún no lo he visto!

–Si no te conociera tanto, tendría que desconfiar de ti –se rió la señora Skreta–. Fíjate en esa marca de nacimiento en el labio inferior, ¡exactamente en el mismo sitio donde la tienes tú!

La señora Bertlef miró la cara de Skreta y casi gritó:

–¡Es verdad! ¡En eso no me había fijado para nada cuando estaba aquí en tratamiento!

Bertlef afirmó:

–Es una casualidad tan asombrosa que me permito incluirla entre los milagros. El doctor Skreta, que les devuelve a las mujeres la salud, pertenece a la condición de los ángeles y, en tanto que ángel, deja su señal en los niños a los que ayuda a venir al mundo. No se trata, por lo tanto, de una marca de nacimiento, sino de una marca angélica.

A todos los presentes les gustó la explicación de Bertlef y rieron alegres.

–Además –se dirigió Bertlef a su atractiva mujer–, te comunico solemnemente que el doctor se ha convertido hace unos minutos en hermano de nuestro John. De modo que es totalmente correcto que tengan como hermanos la misma marca de nacimiento.

–Así que por fin te has decidido... –suspiró feliz la señora Skreta.

–¡No entiendo, no entiendo! –pedía una explicación la señora Bertlef.

–Ya te lo contaré todo. Hoy tenemos mucho de que hablar, mucho que celebrar. Nos espera un magnífico fin de semana –dijo Bertlef y cogió a su mujer del brazo.

Los cuatro fueron luego andando bajo las farolas del andén hasta salir de la estación.

Terminado de escribir en 1972 en Bohemia